愛されなかった社畜令嬢は、第二王子（もふもふ）に癒やされ中

かのん

ビーズログ文庫

Contents

登場人物紹介
オスカー・ロード・アルベリオン
アルベリオン王国の第二王子。王国騎士団に所属している。容姿端麗な王子様として女性の憧れと噂される人物だが、なぜかメリルのことを気に入っているようで……？
愛されなかった社畜令嬢は、第二王子（もふもふ）に癒やされ中
メリル・メイフィールド
名門貴族、メイフィールド家の末娘だが、生まれ持った容姿のせいで家族に愛されずに育つ。魔法陣の美しさに魅了され、王城内で唯一の魔法陣射影師として働く。
もふちゃん
小さな白虎のような姿のもふもふ。メリルの癒やしの存在となる。いつも急に現れ、いつの間にかに姿を消してしまう。

アルデヒド

王国の筆頭魔法使い。
魔力を大量に有し、王国を
支える柱の一人といわれる。

ロドリゴ

メリルの所属する魔法研究部の
先輩で、いつもメリルに
雑務を押し付けてくる。

ティリー

メリルの数少ない友人。
魔法具販売と飲食を兼ねた店を経営している。
可愛らしい見た目だが、実はかなりの怪力。

イラスト／牛野こも

プロローグ

十歳の誕生日。

私は屋敷の図書室で見つけた魔法陣の本に魅了された。

最初は装丁の美しさに目を奪われ手に取った本だったのだけれど、表紙を構成する文様や記号の意味を調べ、由来や用途について知れば知るほどに、心が惹かれていった。

そして、初めて描いた魔法陣が、私の中に流れる魔力に呼応して輝いた瞬間に、今まで感じたことのない高揚感を得た。

「すごい……すごいっ！　私の魔力に反応している！　お母様に嫌われた、私の魔力に」

光る魔法陣を見つめながら、初めて、自分の存在が認められたような気がしたのだ。

名門貴族、メイフィールド公爵家。

私は末娘として、メイフィールド家に生まれたけれど、メイフィールド家の出来損ないと呼ばれていた。

金髪碧眼が血筋のメイフィールド家では珍しい黒髪赤目の私の誕生は、お父様とお母様の間に亀裂を招いた。

お父様は私のことを不義の子だと言い、お母様はお前のせいで疑われるのだと罵った。

そして赤い目で生まれたばかりか、魔力を大量に有していたことがさらに私が愛されない理由となった。

遥か昔にアルベリオン王国を滅しかけた魔物が赤い瞳を持っていたという伝承があり、赤目は不幸を呼ぶと疎まれていたのだ。

魔力だけならば魔法使いの才能があるとされ、本来ならば喜ばれるのだという。

だけれど、そこに赤目が重なったことで、ますます忌避される結果になった。

メイフィールド家の恥にならないように魔物のような瞳を隠せと眼鏡を渡され、髪の毛は出来るだけ目立たないように二つに括り魔力を持つことも秘密にした。

私は輝く魔法陣を見つめながら、拳をぎゅっと握りしめた。

「決めた。私、魔法陣を描く仕事をしたい」

初めて自分の心の中に生まれた夢だった。

たった一人、公爵家の別邸に追いやられて暮らしていた私は、これまで生きる目標も何もなかった。

ただ、生きていただけだった。

けれど、今は違う。

「魔法陣を描く仕事に就いて、この家を出ていこう」

両親や兄や姉は、私のことなど、この家の汚点としか思っていない。

なら、私は自分の好きなことをして生きていきたい。

愛されたいと願ってもその願いは叶うことなどないだろう。

それは、これまで生きてきた日々ですでに理解をしていた。

悲しいけれど、それが現実なのだと私は諦めたのだ。

でも、魔法陣を描くことを私は諦めたくはない。

ずっと共に生きていきたいと私は初めて自分の中に強く思った。

「だって……魔法陣は、私に応えてくるもの」

独りでもいい。

私には魔法陣がある。

私は十歳の誰にも祝われない誕生日に、そう決意をしたのだった。

魔法陣、それはかつて人の生み出した大規模な魔法を発動するための機構である。

ただし魔法陣を動かすためには大量の魔力が必要であり、少なくとも十数名の使い手を集めなければならない。非効率とされた魔法陣は衰退の一途をたどり、一部を除き現在ではほとんど使用されなくなっていた。

第一章  社畜令嬢・メリル

「これ、今日までに終わらせておけって言ったよな」

机をばしっと叩かれ、振動でのせてあった魔法具の羽ペンが倒れた。私は慌ててそれを起こす。

壊れなくてよかったと安堵しながら、同じ職場で働くロドリゴ様へと視線を向けると、不機嫌そうに眉間にしわを寄せたまま舌打ちをされ、私はびくっと肩を震わせた。

年齢は私よりも少し上、二十六歳らしいのだけれど、その風采はかなり上に見える。いつも猫背で、目の下には隈が出来ていて陰険な雰囲気をまとっている。

以前聞いた話によると、ロドリゴ様は人間関係で失敗したらしく、王城内で行き場がなくなりこの部署に配属されたらしい。

そんなロドリゴ様の機嫌の悪さに比例して怒鳴られるためにここで働き始めたのではないのにと、私は心の中でため息をつく。

現在私が勤務するのは、王城の末端の末端。

魔法研究部というその名の通り魔法に関しての研究が専門の部署である。

私はそんな魔法研究部の中で、魔法陣射影師として働いている。

他の研究員には、役に立たたない魔法陣オタクだと思われているようだけれど、それは魔法陣の素晴らしさを知らないからだと私は思う。

魔法陣射影師の仕事というのは細かく言えばいくつもあるけれど、大きくは二つ。

一つは昔使われていた魔法陣を修復・射影し、それがどのような目的で描かれていたのか検証を行い、魔法陣射影綴りに記録をしていくこと。

二つ目は今もなお稼働している王国の守護魔法陣を研究し、魔力を大量に消費しなくても使えるように出来ないかを試行すること。ただこちらに関しては、魔法使いの協力がなかなか得られず、あまり進んではいない。

魔法陣の一番の問題点は、大量の魔力を消費する点にある。

そのため、魔力を持たない人間は使用することが出来ない。そして魔力を有していても、一人で魔法陣を発動させる量に至る人間はほとんどいない。

だからこそ魔力を持っていない人にも使えるように、魔力石を動力源にした魔法具が、魔法陣に取って代わるように発達したのだ。

現在公式に採用されている魔法陣は、王国の守護魔法陣のみとなっている。

王国を守護するための魔法陣は広範囲に及ぶが、同じ面積を同じ強度でカバー出来る魔法具は未だ開発されていない。

現在は王国一の魔力を有する筆頭魔法使いアルデヒド様が、魔法陣を発動させる儀式を年に一度担っている。アルデヒド様は、現在魔法陣を単独で発動出来る唯一の人と言われている。

魔法陣は大量の魔力を使用時に使うことが難点だ。だけれど、それを改善出来たならば、魔法具に引けを取らないほど有益な手段になるだろう。

今、使用されることが無くなった魔法陣はどんどん失われつつある。

それを収集し、どのように使用されていたのかを調べ修復して記録し、魔法陣射影綴りにまとめていくことは、きっといつの日か役に立つ。

私は魔法陣射影師として未来に魔法陣を残すためのこの仕事に誇りを持って働いている。

家族から疎まれていた私は、職を得ることで自立出来たし、魔法陣を描いている時間は楽しくて仕方がない。

ただ昔から憧れて得た仕事だったけれども、蓋を開けてみれば思いの外人気はなかった。

これほど素晴らしい仕事はなかなかないのにと残念に思うものの、魔法陣はもう時代遅れで廃れているのに、何故今更それを研究する必要があるのかと、周囲の風当たりは強い。

そして今日もまた、私は職場で怒鳴られているのだ。

「お前、仕事舐めているのか。俺達はこの王城の末端の末端とはいえ、王城勤めの貴族なんだぞ。しっかり働けよ。おい、聞いているのか⁉」

　私は身を強張らせながらうなずいた。

「は、はい。すみません」

「すみませんじゃねーだろーが！　分かっているのか⁉」

「えっと、あの、どの件のことでしょうか」

　そもそもの問題、同じ部署で働いているロドリゴ様が今一体何に対して怒っているのかが分からない。

　突然呼びつけられたかと思えば主語もなく喚き散らすだけで困る。

　しかも私は魔法陣射影師としてここに在籍しているのに、ロドリゴ様は関係のない仕事を押しつけてくるのでやるせない。

「はあぁ？　それくらい自分で考えろよ！　頭ないのか⁉　ちゃんと、頭で、考えろ！」

　威圧するかのような罵声は、何度聞いても慣れない。

　最初の頃は怒鳴られると驚き、何故怒られるのか、何故責め立てられるのかが分からずに毎日毎日泣いていた。

　けれど、十歳の時に抱いた夢である魔法陣射影師を辞めたくない。その一心で踏ん張り、ロドリゴ様の暴言や恫喝にもどうにかして耐えることが出来るようになってきた。

　魔法陣を描くことが楽しい。

　魔法陣が好きだ。

　王城以外で魔法陣射影師として働く道は私にはない。

　だからこそ私は歯を食いしばった。

「す、すみません……」

「だからぁ。さっさと、しろよ」

「あの、でも、ご指示を頂かないと」

「んー？　考えろっての」

　そう言って背を向けられ、私は立ち尽くす。ただどうしても心当たりがないので、もう一度声をかけようとした。

　けれどまた怒鳴られるのではないかと思い、何も言えずに手を引っ込めると、ロドリゴ様は急に振り返った。

「お前聞かないと分からないなら、なんで引きとめないんだよ！　バカなのか⁉」

　理不尽だ。

　私はちらりと時計の針を見る。ロドリゴ様はこうなったらいつまでも、私に対して文句を言い続ける。

　どんどん過ぎていく時間に焦燥を感じながら、私は状況を打破すべく口を開く。

「あの、その急いでするので、なんのことか教えてもらえませんか？」

「お前人の話を遮るな！　今だってどうせ、この話早く終わらないかとかそんなこと思っているんだろうが！　その考えが透けて見えるんだよ！」

机をまた乱暴に叩かれて怒鳴られ、私は今度こそ途方に暮れて身をすくめることしか出来ない。

薄暗い仕事部屋には、業務内容は違えど他にも人はいるけれど、私のことは無視をしていたたまれないけれども、これでは仕事も進まない。私は頭を下げながらロドリゴ様の話を聞くしかない。

ロドリゴ様は苛立たしげに鳶色の髪の毛をガシガシと掻き、それから藍色の瞳で私のことを睨みつけながら言った。

「お前さ、そのぼさぼさの頭、どうにかなんないのか。黒い髪の毛三つ編みにしてても頭の上ひどいぞ。それにその厚い眼鏡。気分が悪くなるんだよな。お前、女として終わってるだろ」

「……」

どこからか噴き出すような声が聞こえた。他にも私のことをそう思っている人がいるのだろうか。

うつむいたままの私をロドリゴ様はにやにやと笑う。

「お前も可哀そうだな。名家の誉れ高いメイフィールド公爵家の娘なのに、こんなにも落ちこぼれなんてなぁ」

メイフィールド家の出来損ない。私は貴族社会でそう呼ばれていた。

華やかで美しい両親や兄姉と違い、ぱっとしない見た目からつけられた蔑称だ。

舞踏会に参加をしても、私は壁の花。

メイフィールド公爵家の者は華やかであり、そして優秀だから、常に人の輪の中心にいるのに対し、私は目立って特徴もなく、美しくもなく、女性として誇れるものがあるわけでもなかった。

いつしかメイフィールド家の出来損ないという不名誉なレッテルは広まって、私を見るたびに貴族の令嬢達はバカにするように笑い、そして令息達は憐みの表情を向けるようになった。

――お兄さんは優秀で女性にも優しく社交性があるというのに。

――お姉さんはあんなにも美しく、貴族の令嬢の鑑だというのに。

――一番下のお嬢さんはあんな見た目で可哀そうに。淑女としての気品にも欠ける。

メイフィールド家の出来損ないとはよく言ったものだ。

突然フラッシュバックした記憶に私はぐっと唇を噛む。

何故今こんなことを言ってくるのか。

確かに私はメイフィールド公爵家の娘ではあるが、今年で二十歳になり家を出て自立している。

堪えていると、ロドリゴ様はにやにや笑いを収め、そのあと大きく息を吐いてから言った。

「まあいい。さっさと仕事終わらせろ。いいな」

「はい……」

そこでやっとロドリゴ様は気がすんだのか怒鳴るのをやめて、机の上に置いている資料を私へと手渡し内容を指示してきたのだった。

ロドリゴ様の机の上には、様々なものが置かれているが、私物が多い。以前机の中に変な蛇のロゴの入った仮面を入れていたのを見てしまった時には、はっきり言って気持ちが悪いなとすら思った。

結局作業に着手するまでに一時間もかかった。

しかも、そもそも聞いていない新規の案件だったことにため息をつきそうになるのをぐっと抑えた。

仕事を押しつけられるのも、理不尽に怒られるのもよくあることだ。

けれどもだからといって、平気なわけではない。

現状に納得しているわけではない。ただ、諦めてしまう自分がいた。

「はぁ……」

一度だけこっそりとため息をつくと私はロドリゴ様から振られた仕事をこなしていく。

そこまで大変な作業ではない。

これならば、先ほどの叱られている時間さえなければとっくに終わっていたのになと思う。


部屋の中が静かになった。

私は早々にロドリゴ様に仕事を提出し、やっと本来の業務が出来ると椅子に座り直した。

姿勢を正して机の上に魔法陣射影綴りを置き、そこから一枚取り出すと、魔法具で出来た羽ペンで魔法陣の修復を始めた。

この魔法陣は先日、古い遺跡で発見されたもので、文様にも欠損が見られたが、少しずつ全体像を解読し、復元に着手したところだ。

作業の進行につれて、魔法陣は青白く輝く。

私は周りに気づかれないようにその光をゆっくりと抑えた。

この瞬間だけは私独りの世界である。ずっと自分の仕事に没頭出来たらどれほど幸せなことだろうか。

魔法陣は緻密に描かれており、線を一本間違えればそれは本来の魔法陣とは別の魔法陣に変わってしまう。

　複雑で繊細なそれは美しいと思う。

　描くのが楽しくて顔が緩んでしまった。

　あまりにやにやしていると、周囲から引かれるので気をつけなければいけない。

　幼い頃に魅せられて以来、様々な魔法陣に関する本を読み漁り、調べ、学んできたけれど、いつ見ても何度見ても魔法陣は素晴らしい。

　私はうっとりとしながらそれを眺めた。

　魔法陣一つ一つに趣きがあり、いくら描いても描き飽きない。

　出来ることならば延々と描き続けたいというこの気持ちに共感してくれるのは、おそらく私唯一の友達くらいだろう。

　王城にはもっと魔法陣に精通した人がいるかと期待していたけれど、今のところ出会いはない。好きなものについて熱く語れる相手がいないのは少し寂しいことだなと思う。

　魔法陣を描く瞬間だけは、この仕事を選んで、そして働けることが誇りに思える。

　まあ、怒られることがなければもっといいなとは思うのだけれど。

　ちらりと周りを見れば、皆がそれぞれに仕事に励んでいる。

　要領がいい人は怒られないし、私みたいに怒らせることもない。

　小さくため息をついていると、不穏な足音が近づいてくるのが分かった。

机の上にロドリゴ様が何かの資料をドンとのせて言った。

「これ、本日中な」

「……今日ですか？」

「当たり前だろう。お前、こっちに迷惑をかけているんだからこのくらい頑張れよ」

「……」

ちらりと積まれた書類を見れば、魔法陣射影師の私とは関係のないものばかりだ。面倒な雑用をまとめて回してきたのだろうか。

私の業務はある程度限られているはずなのに、毎回当たり前のように別の用事も組み入れてこられる。

魔法陣射影師として働き始めた当初は、公爵家の肩書きがあったからなのだろう。こんなことはなかった。しかし、私がメイフィールド家の出来損ないと呼ばれていることが知られてからは、家から見捨てられた娘として軽んじられ、先輩命令だと仕事を押しつけられるようになった。

ロドリゴ様の業務は部署の窓口役として、仕事を多面的にマネジメントすることだ。時には庶務もこなし、来客対応、資料作成、伝票の処理等内容は多岐にわたる。

それらは私の担当とは全く関係がないのだけれど、年下で新人で女の私は目をつけられて、先輩には従うものだとこき使われるようになったのだ。

後ろ盾なしに女であるというだけでも、アルベリオン王国の城で働くのは難しい。

だけれど、たったそれだけの理由で負けたくない。

貴族の女性は、基本的には適齢になれば親の決めた男性の元に嫁ぐものだ。

それが貴族の女性の役目で、義務だと言われる。

私自身、メイフィールド公爵家の娘として生まれ、年頃になると両親からは結婚を勧められた。

早くどこかへ嫁がせたいという気持ちが透けて見えた。

私を、とにかく遠ざけたかったのだろう。

だけど、私の気持ちはずっと前に決まっていた。

自分の力で働いて生きていく。

幼い頃は漠然としていたけれど、そこから様々なことを学び、魔法陣射影師の仕事を知った。

王城に勤めるということは女性にとっては極めて狭き門である。

両親からは大反対され、採用試験に落ちた場合は即刻結婚を命じられた。

そして見事合格してみせると、今度は退職した場合は即刻縁談を受け嫁ぐように言われたのだ。

私は職場に飾られているアルベリオン王国のエンブレムに視線を向ける。

王国の祖とされる獣の王と剣、そして魔法使いの杖の文様が描かれたそのエンブレムはアルベリオン王国の者であれば馴染み深いものだ。

魔法使いの文様は、魔法陣にもよく使用されている。その形は美しく、私を魅了する。

女だから勤まらないとは思われたくなかった。

この仕事を続けたいという思いは、ずっと私の胸の中にある。

振り子時計の針がチクタクと音を立て、一人、また一人と部屋から部員が退出していく。

ロドリゴ様も早々に退勤しており、気がつけば残っているのは私だけになっていた。

薄暗い部屋の中で、空腹と孤独と先の見えない仕事の絶望感で目に涙が浮かぶ。

「はぁ……今日も、終わらない……でもあと少し。残りはちょっとだ」

昨日もほぼ徹夜だったので意識が朦朧としている。窓へと視線を向ければ外は真っ暗でガラスに映った自分はぼさぼさの頭に目の下に隈。まるでお化けのようだった。

「だめだ。一回帰ってシャワー浴びて、仮眠取って、それから頑張ろう……あと少しだから、明日の朝でもいけるって……」

私は立ち上がると、凝り固まった体をほぐすように背伸びしてから、荷物を持ち、ふらふらと歩き出す。

私の住まいはこの研究棟のすぐ横の宿舎で、出退勤は楽なのだけれど、だからこそ、こちらの都合などおかまいなしに呼び出される。

休む暇がない。けれど、やらなければならない。

仕事を辞めるようなことになればメイフィールド家に連れ戻され結婚させられる。

王城以外の職場で貴族の娘が働くことは極めて難しく、また、王城には魔法陣を調べるための環境がすべて整っているので、出来ればずっとここで働きたい。

王城であれば国王の役に立つ存在として誉れとされるが、市井に職を得れば女性として何か難があるのではないか等勘繰られるから、貴族とは厄介だ。

「はぁぁ。疲れた……」

いつものように職場と自室を結ぶ長い渡り廊下を歩いて自室へと向かおうとしていた時であった。

男性のうめき声のようなものが生垣の奥から聞こえたかと思うと、ガサガサと揺れて、私は身構えた。

王城内は基本的に騎士が巡回しており、安全が保たれている。なので、部外者がいるとは考えられない。だから体調不良か何かで人が困っているのではないか。私はそう思うと、生垣に向かって声をかけた。

「あ、あのぉ。大丈夫ですか？」

次の瞬間、その中から白い何かが飛び出てきて私は目を丸くする。

「へ？　え？　何⁉」

一匹の可愛らしい丸いフォルムのもふもふとした生き物がいる。

猫よりも大きく、大型犬よりは小さい。

それに見た目も猫というよりは、虎に近く、白いので白虎のような見た目だ。

「え？　えぇぇぇ？」

大きな丸い青い瞳がくりんとしていて睫毛も長く、大変愛くるしい。

「ふわぁぁぁ」

とてとてとまるで足音が聞こえてくるかのような、可愛らしい歩き方であった。

そして、何より、こちらを見上げてくる様が、天使かというくらいに愛らしい。

私は思わず両腕を広げると抱き上げ、ぎゅっと抱きしめた。

「かわいぃぃぃぃ」

抱き上げてみればそれは思っていた以上にふわふわとしていて気持ちがよかった。

おそらくその時の私の思考力はかなり低下していたのだと思う。なんの生き物なのかも分からないけれど、あまりの可愛さに浮かれていた。

徹夜続き故のテンションだ。

「君、どこかの誰かに飼われている？　ええぇ。可愛いもんね。飼い主さんいるよね？大丈夫だよぉ！　すぐに飼い主さん捜してあげるからね。うん、とにかく一旦うちに連れ

て帰ろう。あぁぁ。可愛い！」

私のあまりのテンションに、もふもふは驚いたような顔をしてもがくけれど、どうにか頭を撫でてなだめる。

「ほらほら、いい子だから。ね？」

「みゃっ！　みゃお――ん……」

鳴き声まで可愛らしい。

自分の鳴き声を聞いて、どこかげんなりとした様子のもふもふは大人しくなり、私はそのまま自分の部屋へと連れて帰った。

ただ、それから私は焦った。

「ごごご、ごめんね。すぐに片づけるからね！　大丈夫だよ！　ごはん……え、何を食べるんだろう……」

床に物が散乱した部屋だったことを忘れていた。毎日片づけようとは思うものの、常に明日やろうになってしまっていた。

「ごめんねぇ。大丈夫だからねぇ。あ、そうだ！　缶詰あった！　ちょっと待ってね。まずは寝るとこを準備するから」

私は急いで可愛いもふもふちゃんが眠れるようにと空き箱の中にタオルケットを敷いて、寝床を作った。

それから棚に並べておいた非常食の魚の瓶詰を取り出すと、それを皿にのせてお盆の上に水と一緒に置いた。

「ほら、こちらへどうぞ。魚の瓶詰、好きかなぁ？」

私は可愛らしい真っ白なもふもふをじっと見つめながら癒やされる。

もふもふは、目を細めて私と寝床とお盆の上を何度か見比べたあと、諦めたかのように「ふにゃ」と声を漏らしてお行儀よく魚を食べ始めた。

「あなたってお行儀がいいのねぇ。可愛いー。あぁ。可愛い。あなたほど可愛い人に会ったことがないわ」

「ふ、ふにゃ⁉　なぁぁぁおん⁉　にゃにゃ！　っ」

こちらを驚いたような表情で見つめてくるその瞳が、とても愛らしい。

あまりにも可愛らしくて尊い。

私はその姿をただただ眺める。

「あなたはどうしてそんなに可愛いの？」

「ふにゃー……」

これほどまでに可愛らしい生き物には初めて出会った。

もっと早く出会いたかったと感激しながら、その可愛らしい姿を今は目一杯、堪能したいと願わずにはいられない。

「はぁぁ。可愛い。癒やされる。昔からもふもふした生き物本当に好きなんだぁ。飼いたいけど、自分のことすらまともに出来ないから……とにかく、明日にはすぐに飼い主さん見つけるからね。たぶん、これだけ綺麗なもふもふちゃんなら、どこかの子だと思うんだよね」

そう呟きながら、そっと頭を撫でようとすると、魚を食べ終わったもふもふは私の方を見て、さっと手をよけた。

その仕草すら可愛くて悶絶する。

「はぁぁぁ。今だけもふちゃんって呼ぶね。もーふちゃん」

「……なぉ」

「え？　え？　返事してくれたの？　えぇぇぇ！　天才！　可愛い。ありがとう。はぁ尊い！　よし、すぐにもふちゃんの危ないものとかどけちゃうからね！　ふふふ。私はメリル。よろしくね、もふちゃん」

私は気合を入れて、とにかくもふちゃんにとって危険なものはどうにかしようと、奥の寝室に、ごちゃごちゃとした雑貨や服などを運んでいく。

そして出来るだけもふちゃんが快適にと片づけた私は、力尽きて椅子に座り机の上に突っ伏した。

「あー……とりあえず、今はこれで許してー。もふちゃん」

ちらりともふちゃんを見れば、机の上へと飛び乗り、こちらの様子をうかがいながら小首を傾げている。

可愛い。

嫌がられるかなぁと思いながらそっと手を伸ばすと、もふちゃんは逃げることなく私の手に頭を擦りつけた。

ふわふわの毛が気持ちよく、目を細めるもふちゃんが愛おしすぎて、私は悶絶してしまう。

最高に可愛い。

私はもふちゃんを思う存分撫でたあと、魔法陣射影綴りを取り出した。

もふちゃんが興味深そうにこちらを覗き込んでいる。

「これはね、私の血と汗と涙の結晶！　この世でただ一つの魔法陣射影綴り。これまで描いてきた魔法陣をここに記録しているんだ。はぁぁ。これを眺める瞬間がたまらないの。疲れている日もね、家に帰ってきてこれを見つめるだけで癒やされる。あぁー。最高。もふちゃん分かる？　この曲線の美しさ。そしてこの一つ一つの細やかさ。見て、この波と太陽の文様からしてこれは百年以上昔のものなの。魔法陣にも流行りがあってね、それを取り入れたりしていて。はぁぁ。最高」

「な……なぉ」

「分かってくれる？　あぁぁ。教えてあげるね！」

「な……お」

私はしばらくの間声を弾ませてもふちゃんに魔法陣について語りかけた。

久しぶりに話をするのですごくテンションが上がる。

こうやって魔法陣について語り合う友達がもっと欲しいなぁなんて思うけれど、親友のティリー以外には、そうした人には巡り合えない。

最近ティリーのお店にも遊びにいけていないなと、忙しすぎることにげんなりとしてしまう。

私は魔法陣についてひとしきりしゃべると綴りを閉じ、丁寧にしまってから机の上に頭をのせて、もふちゃんを撫でる。

一気にしゃべったことで、つい体力を使いすぎた。

魔法陣射影綴りを眺めたらご飯を食べようと思っていたけれど、今はもう指一本も動かしたくない。

「可愛い、ああ、可愛い……はぁ……でも、お腹すいた。けど……もう、眠い。無理だ……もふちゃん、ごめんね、ちょっと……寝るけど、その、大人しくしているんだよ……ぐぅ」

意識が遠のいていく。本当はもっともふちゃんに触れて、一緒に遊んで過ごしたいけれども、体がもう限界だ。

　私は一瞬で夢の中へと落ちていったのであった。


　夜が深まり、間もなく明け方となる時刻。

　白い獣は本来の姿を取り戻し始める。青白い光に包まれ、もふもふの体は、逞しく鍛え上げられた人の体へと変わり、白銀色の髪と美しい空色の瞳の男性が現れた。

　騎士団の制服を身にまとった彼は、大きく息をつく。

「やっと、戻ったか……はぁ」

　先ほどまで小さくなっていたからか、筋肉が凝り固まっているような気がして、軽く体を動かした。

　それから、泥のように眠るメリルへと視線を向け、小さくため息をつく。

「拾い匿ってもらい助かった。あのまま外で巡回の騎士に見つかれば、怪しいと捕まえられていたかもしれないからな……だが、女性の部屋に不法侵入しているかのようなこの状況……くっ。申し訳ない」

　とにかく一度引き揚げようと思うけれど、机に突っ伏して眠っているメリルをそのままにしておくわけにもいかず、寝室へと運ぼうと考えた。

だがしかし、奥の部屋が現在物だらけだと先ほど見ているので知っていた。

おそらく奥にベッドがあると思われるが、その上にも色々な物がのっていることが推測出来る。

自分のために、急いで片づけてくれたのが申し訳なくて小さく息をつくと、床に先ほど敷いてくれたふわふわのタオルケットを広げる。その上にメリルをいざ抱き上げて寝かせようとして驚いた。

「ちゃんとした食事をとれていないのか……？　こんなに軽くて大丈夫だろうか」

そっと横たえる時、目の下にも隈が出来ているのに気づき、さらに心配になる。

「……自分も疲れているというのに、一生懸命もてなしてくれて……優しい女性だな……あんなに私が来たことを喜んでくれたのに、いなくなっていたら落ち込んでしまうだろうか……」

あまりにも嬉しそうに世話を焼いてくれていた姿を思い出し、申し訳なさを感じるけれど、だからといってこの場に残るわけにはいかない。

残れば明らかな不審者である。

「ありがとう。いずれ礼をしにくる……」

すやすやと寝息を立てるメリルをしばらく見つめたあと、速やかに帰らなければと気が急ぐが、名乗らないのも失礼かもしれないと、姿勢を正す。眠っているメリルに向かって告げた。

「アルベリオン王国第二王子オスカー・ロード・アルベリオン、王国騎士団に所属している。いずれこの恩は返す。本当にありがとう」

もちろん聞こえてはいないだろう。だけれど、どうか、覚えていてくれたらいいのにと、なんとなくそうオスカーは思う。

そして、人に気づかれないように外へと出ると、持っていた魔法具を使ってメリルの部屋の鍵をかけ、静かにその場を去ったのであった。

一転してオスカーは急ぎ足で王城の渡り廊下を歩いていく。

彼女が住んでいるエリアさえ抜ければ、あとは安心出来るのでオスカーはほっと息をついた。

ここまで来ればもう大丈夫。

自室へと入ったオスカーは侍従にお茶を頼み、騎士団の服を脱ぐ。シャツとズボンに着替えると、ソファに座って体の力を抜いた。

運ばれた紅茶を一口飲むとほっとする。

アルベリオン王国の祖は獣人であると言われている。

それは国民の知るところでもあり、建国神話として語り継がれている。

もっとも伝承は事実であるため、先祖返りを果たす者がたまに現れるのだけれど、それは王族だけの秘密とされてきた。

基本的に王位は長兄が引き継いできたのだが、かつて獣化した弟を正統な王なのではないかと主張する貴族の中から持ち上げる者が出たのだ。

その時に国を二分するほどの争いが起き、それ以来、獣化出来たとしても公表されることはなくなった。

オスカーは祖の血を色濃く継いだ先祖返りで、獣の姿へと変身するようになってしまったのである。

幼い頃からというわけではなく、その血が目覚めたのは半年ほど前なのだが、未だ力を制御することが出来ずにいた。

たいていの場合は深夜の二時から明け方とに、三時間程度姿が変わるだけなのだが、たまに体調を崩したり怪我をした時なども変身してしまうことがあり、そうした時には、大人しく部屋で療養することにしていた。

今日は騎士団の仕事でかなり遅くなってしまい、帰る途中で獣化してしまったのである。

王城内に動物が入ることは基本的にない。そのため、もし他者に見つかってしまえば、捕まり城下へと放り出される危険もあった。

なのでメリルが一時的に保護してくれたのはとてもありがたいことであった。

「はぁ……。申し訳ないことをしてしまった」

不可抗力とはいえ、女性の部屋に無断で入室し、その上食事をただでごちそうになるなど、王子としては初めての経験であった。

「どうにか、メリル嬢にお礼をしなければ……このままでは、男として情けない」

女性とは敬い、エスコートするものである。それなのにもかかわらず、抱っこして運ばれたあげく、食事まで振る舞ってもらったのだ。

このままでは男が廃る。

オスカーはどうにかメリルと知り合う機会はないだろうかと頭を悩ませながら、異様に自分が彼女のことばかり考えていることに気がついた。

出会った瞬間から、そわそわするような不思議な感覚があり、これは一体なんなのだろうかと胸に手を当てる。

その時、ノックの音が聞こえオスカーが返事をすると、部屋に国王であり兄であるルードヴィヒが入ってきた。

未明にどうしたのだろうかと思っていると、ルードヴィッヒはオスカーのいるソファーの向かい側に座る。

「お前が朝まで帰ってこない日は私にも連絡が来るようになっているんだ」

ルードヴィッヒの言葉にオスカーは顔を少し歪めた。

「やめろよ。いつの間に兄上にそんな報告がいくことになったんだよ」

「仕方がないだろう。それで、今日はどうだったんだ？」

ルードヴィッヒの質問に、オスカーは大きくため息をつくとメリルのことを話した。

「研究棟から出てきたメリル・メイフィールド嬢に拾われて、一晩世話になったのだ」

その言葉にルードヴィッヒは眉間にしわを寄せると、足を組み直す。

「今回は無事にすんだが、何があるか分からない。真夜中には必ず部屋にいるようにしてくれ。私も気が気ではない」

自分を案じるその言葉にオスカーはうなずくと、項垂れた。

「もしや、捜していてくれたか？」

「ああ。まあ徒労でよかった」

「申し訳ない……」

オスカーに、ルードヴィッヒは苦笑を浮かべると、首を横に振った。

「大丈夫だ、気にするな」

「今後は自重する」

「ははは。まあまた突然獣化してしまった時には、メリル嬢のところに遊びにいけばいいじゃないか」

冗談なのか本気なのか分からない口調でそう言われ、オスカーは顔を引きつらせる。

「兄上、ご冗談を」

「冗談になるといいのだがな。いいか。今後絶対に深夜二時までに部屋に帰るように。いいな。そしてもし戻れない時には、メリル嬢の宿舎を避難所にしてもらえ」

オスカーは頭を掻きながらなんとも答えられずにいた。ただし、もふもふ姿の自分を愛おしそうに抱きしめたり撫でたりする彼女の姿を思い浮かべ、オスカーは、また会いにいきたいななんてことも考えてしまう。

また胸のあたりがそわそわする。

「どうした？」

「いや……メリル嬢に出会ってから、なんだか、この辺がむずむずするような、変な感覚があるのだ」

その言葉に、ピクリとルードヴィッヒの眉が上がる。

何か言いたげだけれど、言うべきか迷っている様子の兄に、オスカーは首を傾げる。

「兄上？」

「いや……とにかく、無事でよかった」

「何か、気になることでも？」

尋ねられたルードヴィッヒは、少し考えてからぽつりと語る。

「……昔、帝王教育で獣化すると自分の運命の相手はすぐ分かるとかなんとか……おとぎ話みたいなことを学んだなぁと……ふと思い出してな。いや、まさかな」

その言葉に、オスカーは笑う。

「何を言っているんだ。そんな……まさか」

二人は笑い合い、ルードヴィッヒは立ち上がる。

「まあ……何か進展があればまた教えてくれ。さて、私も戻ろう」

「心配をかけてすまない」

オスカーの獣化は現在最重要機密となっている。

事情を知る人物は出来るだけ少ないほうがいいだろうと判断され、オスカーは早急に能力の制御を求められ、特訓中だ。

ただしなかなかうまくはいっていなかった。

これではいけない。

焦るばかりではかどらず、オスカーは試行錯誤中なのである。

「とにかく、無理はしないようにな」

「兄上、本当にありがとう」

「ああ。ではな」

ルードヴィッヒが部屋を出ていく。オスカーはその背を見送ったあと、大きくため息をついてからベッドの上に倒れ込んだ。

とにかく一度仮眠を取ってから、騎士団へと出勤しなければならないだろう。

「……メリル嬢は大丈夫だろうか」

またメリルのことを考えてしまったオスカーは、運命の相手という言葉を思いながら瞼（まぶた）を閉じる。

体が疲れているのだろう。オスカーはすぐに意識を手放したのであった。

その数時間後、王国にとって脅威（きょうい）となり得（う）る地下組織、『魔法信者』による魔法陣が発見された。

知らせを受け駆（か）けつけた現場でその魔法陣を目にした瞬間、オスカーの頭に魔法陣について嬉しそうに語るメリルと、メリルの大切にしていた魔法陣綴りのことが浮かんだ。

まさかメリルに仕事の協力要請（ようせい）をしにいくとは思ってもいなかったオスカーである。

二人の運命はカチリと動き出した。

第二章  魔法信者

お腹がぐぅぅと音を立て、朝の肌寒さに私は目が覚めた。

「お腹すいた……」

覚醒した瞬間にこんなにも空腹を感じることがあるだろうか。うめき声をあげながら身動ぐと、自分が寝ている場所を確認して首を傾げる。

「あれ？　私どこで寝た？　え？　えーっと」

そう考えていくうちに、少しずつ意識がはっきりとし始め、私は飛び起きると部屋を見回した。

「え？　え？　も、もふちゃん⁉　もふちゃん！」

そう叫ぶけれども姿はなく、私は慌てて、もふちゃんを捜す。けれど、机の下にも、洗濯物の山の中にも見当たらず、ハッとして窓を確認するが、どこも開いていない。

「ど、どうして？　え？　でも鍵もかかっているし……え？　え？　あー……もしかして、夢？　私、もふもふで癒やされたいからって夢見てた？」

私は頭を掻きながら、夢を見たのだと思い、そしてやけにリアルだったなぁと幸せな夢

に感謝した。

　夢じゃなければよかったのにと呟きながら、時計を見て、青ざめる。

「あ、あ、あ……やらなきゃいけなかった仕事終わってない。けど、もう行かなきゃ。でもお風呂……お腹も……ふぇ……」

　時間が毎日足りなさすぎる。

　私はどうしたらいいのだろうかと、パニックになりながら魔法具でお風呂を沸かし、机の上にあった少しぱさぱさになったパンをかじりながら仕事に着手する。

　それから一瞬で入浴すると脱衣所に出て、髪の毛を魔法具で必死に乾かして三つ編みに結び、眼鏡をかけて残りの仕事を急いで終わらせていく。

　こういう時だけ、職場が近くにあってよかったと思う。

　走れば三分の距離が、今はありがたい。

「おはようございます」

　どうにか始業時間に滑り込めたと思っていると、いつもは少し遅刻してやってくるロドリゴ様がすでにいた。

　しまったと私は顔を歪める。

「ああ～いいご身分だなぁ。昨日は俺に迷惑をかけ、次の日は遅刻かぁ⁉」

　朝からやらかしてしまったと心の中でげんなりしていると、ロドリゴ様はいつものように机を叩く。

「お、おはようございます。その、ぎりぎり間に合っていますが……」

そう伝えると、ロドリゴ様はまた机を叩く。

「お前がまず言うべきは、申し訳ございませんでした！　だろう！　昨日は俺に迷惑をかけて申し訳ございました！　そして今日は遅刻して申し訳ございません！　だろうが！」

苛立たしげに吐き散らされ、私は身を強張らせて、頭を下げた。

「も、申し訳ございませんでした……」

「はぁ〜嫌になる。お前、心がこもっていないんだよ」

しょっぱなで機嫌を損ねてしまったことに心の中でため息をつきながら、いつになったらこのロドリゴ様の難癖は終わるのだろうかと思う。

こんなことを考えてしまう自分は性格が悪いのだろうか。

高圧的で、早く仕事を終わらせろと言うのに、ねちねちと。

けれどそれがおかしいと見ている人達は誰も言わないし、ということはやはり私の感性が違うのだろうか。

私がもっと仕事が出来て、私がもっとうまく立ち回ればいいのだろうか。

小一時間ほど付き合わされたのち、どうにか仕事を決められた時間までに片付けていく。

朝はパン一つだったから、お昼になればお腹がすくはずなのに、昼休みになり食堂に行って、目の前にサンドイッチが並べられてもやる気はおろか食欲さえ消え失せてしまった。

私、なんのためにここにいるのだろう。

そう思いながら、サンドイッチをどうにか口に詰め込む。

味はしなかった。ただただ、口の中に入れたものを水で流し込むように食べた。

重い足取りで席に戻ると、机の上の魔法陣を見つめる。

私がやりたかったことは。

そう思っていた時、周囲がざわつき、一体なんだろうかと顔を上げるとこの部屋には似つかわしくない、高身長で逞しい男性が入り口に立っていた。

白銀色の髪と青い瞳は、昨日の夢で見たもふちゃんにそっくりで、私はドキリとする。

もふちゃん。夢でいいからもう一度会いたい。

そんなことを考えていると、その男性は私の方へ向かって歩いてくるので、こちら側に何かあったかなと首を傾げると、美しいその人が、私を見つめた。

「魔法陣射影師のメリル・メイフィールド嬢だろうか。私は王立騎士団第二部隊隊長オスカー・ロード・アルベリオンという。今回、捜査協力をお願いしたいのだ」

どこかで聞いたことのある名前だと思い、私はアルベリオンとついたことで、目の前の人が、女性の憧れと噂されるアルベリオン王国第二王子殿下であることに気がついた。

昔、舞踏会に参加するたびに令嬢達がオスカー様と一度でもいいから踊ってみたいと夢を語る姿を見たことがあった。

当時はまだ第一王子殿下だったルードヴィッヒ様はすでにご結婚されていたこともあり、彼女らの熱い視線は婚約者のいなかったオスカー様に注がれたのだ。

そして未だに独り身だからこそ、諦めがつかずにいる令嬢達も多いとか。

ざわめきの理由はこの人かと思い、なるほどと納得する。

白銀色の髪はまるで雪のように美しく、そしてその青い瞳は青空よりも澄んでいる。男性だけの職場とはいえ、騒ぎにもなるだろう。

けれど納得はしても何故自分の名前が呼ばれたのかは理解が追いつかない。

「だ、第二王子殿下にご挨拶申し上げます！　はひ！　私が、メリル・メイフィールドでございます！」

がたんと立ち上がって私がそう言うと、何故かオスカー様は微笑みを私に向けたのであった。

王子様の微笑みの破壊力を、私はその日初めて知った。

オスカー様が私に話しかけるのを呆然と見ていたロドリゴ様は、慌てた様子で私とオスカー様との間に割って入った。

「王立騎士団のオスカー殿下が、どうしてメリル嬢に？」

いきなり割って入ってきたロドリゴ様に、オスカー様は一瞬眉間にしわを寄せたが、すぐに穏やかな口調で答えた。

「今朝がた魔法信者が描いたと思われる怪しい魔法陣が発見されたのだ。ついては魔法陣に詳しい人物に調査に協力をしてもらうのはどうかと案が出たため、今日はこうして出向いてきた」

「そういうことなら、まずは俺に話を通すべきだろう！」

オスカー様にも通常通りに怒鳴り声をあげるロドリゴ様。周りはひやひやして見ているが、オスカー様はあくまでも冷静な口調で返した。

「ふむ。確かに部署的には同じようだが……魔法陣射影師は一人だと聞く。失礼だが、貴殿の立場は……？」

ロドリゴ様はその言葉に顔を真っ赤にすると地団太を踏みながら答えた。

「俺はこの部署では一番長く仕事をしている先輩だ！　彼女が行くならば俺も行くのが当然だろう！」

その言葉にオスカー様は目を細め、どこか納得はしていない様子だけれど話を続けた。

「ではロドリゴ殿にも参加していただこう。彼女の先輩というのであれば、一緒に来てほしい」

「あぁ。それが筋だろう」

「では、同行してくれ」

「あ？　今すぐ？」

今すぐにとはロドリゴ様も思っていなかったのだろう。だけれどこの流れでは後に引けず、ふんと鼻息も荒くうなずいた。

「分かった。まあ、後輩が行くのだから仕方があるまい」

「助かる。では、現在の状況について資料をまとめてあるので読んでほしい。ここからは機密情報も共有していくので、場所を変えよう」

「承知した」

「は、はい」

私とロドリゴ様はオスカー様に連れられて別室へと向かうために歩き始める。

オスカー様の後をついていき、中庭を通る渡り廊下を歩いているといつもよりもドレス姿の貴族令嬢が多いことに気がついた。

美しく着飾っている彼女らからは香水の香りがした。

「オスカー様がいらっしゃったわ！」

「はぁぁ。今日も素敵」

「本当に。どうか見初めていただけないかしら」

うきうきとした声が響いてくる。

「あら？　あの後ろを歩いているのは……メイフィールド家の出来損ない様じゃない？」

「まあ本当に！　令嬢でありながら、王城に勤め出したというのは本当でしたのね」

「結婚出来ない女性のなんと惨めなことかしら」

　この人達は、誉れというより恥だと捉えているのだなと内心思う。

　小さな声で話をしているつもりなのだろうけれど、すべて丸聞こえだ。

　なんとも言いがたいばつの悪さに居たたまれず、早く移動したいばかりに私は足早になっていく。

「きゃっ」

「ん？　ああ、すまない。歩くのが遅かっただろうか」

　急ぎ足になりすぎて、前にいたオスカー様にぶつかり、私は慌てて謝罪する。

「も、申し訳ありません」

「いや、大丈夫だ。さあ、行こうか」

　そう言うと、今度はオスカー様は私の横に並んだ。その歩調は私に合わせられており、ちらりと見上げると、オスカー様は言った。

「私は、自分の力で王城勤めの地位を獲得し、今の仕事に就いた君は素晴らしいと思う」

　その言葉に私は、ぐっと奥歯を噛みしめた。

　夢のようだった。

魔法陣射影師として頑張るぞという気持ちで王城の門をくぐった。ここからは家に縛られることなく自分の力で生きていくのだとそう思った。

けれど、現実は理想とはかけ離れていた。

夢みていたのは、魔法陣に全力を注いで働くこと。魔法陣についての知見を深め、その可能性をもっともっと広げられるように自分のありったけの時間を使い、集中したかった。

けれど実際は、ロドリゴ様に仕事を丸投げされ小突かれて時間が削られていく。

私はそれでも自分のための時間を確保したくて日常を犠牲にしたのに、やればやるほど雑用を押しつけられる。

魔法陣射影師として取り組みたい研究も作業もたくさんあるのに、出来ない。

それが私の現実。

令嬢達があざ笑う私の現実。

だけれどオスカー様はそれをたった一言で認めてくれて、なんだかその一言で自分のこれまでの頑張りが少しだけ報われたような気がした。

「ありがとうございます」

そう返すと、オスカー様は優しくまた微笑んだ。

私はドキドキしながら、さすがはみんなの憧れの的であると納得したのであった。

王国騎士団の詰所へと案内された私達は、居合わせた騎士らと挨拶をすませていく。

　その間にオスカー様は部下らしき人達の報告を受けたり指示を出したりしている。

　忙しそうだなと、他の方と話しながら私は内心思った。

　それから現在、『魔法信者』と呼ばれる者達が暗躍しているという情報を聞いた。

　魔法信者とは、アルベリオン王国の国王には、魔法使いがなるべきであったと考えている集団である。

　魔法こそが正義。魔法を使う魔法使いこそが真実の王。

　そのような思想で活動している非合法組織であり、これまでも何度か王国側と衝突し、危険視されてきた。

　そのたびに王国騎士団は集団の解散に向けて動いてきたのだけれど、未だに実は結ばない。

　王都にある地下遺跡に魔法信者達の文様と魔法陣が描かれているのが見つかった。その魔法陣が一体どういったものなのか調査に協力してほしいという。

　私はまずは現物を見てみないと分からない旨を伝えると、ロドリゴ様が割り込んだ。

「メリルはうちの部署の人間だ。こちらにもたくさん仕事があるんだが？」

　その言葉にオスカー様は眉間にしわを寄せ、そのあと静かに口にした。

「先ほど、他の者に頼んで確認してもらったのだが、先輩だとはいえロドリゴ殿とメリル嬢では業務内容がそもそも違うのではないか？　今回は国王陛下の肝煎りで、魔法陣射影師の仕事に関しては事件の解決を優先してもかまわないとの許可をいただいている。だから、支障はないはずだが」

オスカー様の指摘に、ロドリゴ様がぎくりとした様子で顔を引きつらせ、それから視線を彷徨わせてから言った。

「いや、だが、書類の整理や、色々雑用ごともあるのだ！」

「書類の整理に雑用……ちなみにそれは、なんの書類で、雑用はどのような？」

「なんでそんなことを説明しなくてはならないんだ！　魔法研究部所属で、俺のほうが先輩なのだから、後輩は先輩の仕事を手伝い、言うことを聞くものだろう！」

「……つまり、魔法陣射影師としての仕事でなくても、手伝えと？」

「そ、その……私達の部署はな、あの、様々な分野が集まっているからこそ事務も色々あるのだが……」

しどろもどろになりながらも言い返そうとするロドリゴ様に、私はそっと進言した。

「ロドリゴ様……とにかく今は、お話を聞いたほうがいいのでは」

私の言葉に、ロドリゴ様も周りの視線が気になったのだろう。押し黙るとうなずき、私はオスカー様に促した。

「話の続きを聞かせていただけますか？」

今は働き方改革よりも、目の前の有事が先だ。

他の方々も待っているのでと思い視線をオスカー様へと送ると、オスカー様が小さく息をつく。

「では、それに関してはまた。話を戻そう。現在、魔法信者達に不穏な動きが見受けられ、今回の一件もその一環と思われる。このまま放置することは出来ず、魔法陣に詳しい者が必要なのだ。そこで今回はメリル嬢に協力をしてもらう。メリル嬢、よろしく頼む」

「は、はい。分かりました」

私がそう言うと、ロドリゴ様がまた口を開いた。

「ならば……その、この件が解決した暁には、魔法研究部にもその功績の一端を担ったと、多少なりとも報奨金が欲しい」

なんという強欲か。私がぎょっとしていると、オスカー様は苦笑を浮かべてうなずいた。

「掛け合ってみよう」

「分かった。メリル。金がかかっている。励めよ」

「はい……」

はっきり言って、ロドリゴ様は魔法陣に関して詳しいわけではない。むしろ魔法分野全般に疎いものと思われる。

魔法陣は魔力を有していなければ発動しない。だけれども魔法陣を発動させるほど強力な魔力を有している人間はほとんどいない。

魔法陣は魔力を大量に持つ人間がいなくなったことで、忘れ去られつつあるのだ。

そして魔法陣が廃れていった半面、魔法具は発展していった。魔法石を使い作ることで比較的簡単に力を使うことが出来るからである。

その辺を棚上げしてのあまりに偉そうな態度に、私は不安になってオスカー様を見ると、軽くウインクを返された。

きざである。

オスカー様は私にだけ聞こえるような小声でささやいた。

「先ほどは面倒なのでああ言ったが、報奨金は魔法陣射影師の研究費として入るように手配しておく。ロドリゴ殿には、また改めて話をつけるから心配しないように」

異性に耳打ちされた経験などない私は、心臓が痛くなった。ばくばくとする胸を押さえ、オスカー様の破壊力におののくのであった。

そのあとも私は今回の事件の概要についてレクチャーを受けていたのだけれど、ロドリゴ様は途中で飽きたらしく、自分はもういいだろうと抜けてしまった。

その際オスカー様が気を利かせてくださり、研究棟に戻らず直帰してもよいとの許可をさりげなく取ってくれた。

調査は明日早朝からとのことで、今日は解散となったのだけれど。オスカー様が切り出した。

「メリル嬢。出来れば魔法陣についてもう少し教えてもらえると助かるのだが」

「はい。もちろんです」

私がそう答えた時、終業の鐘が鳴った。

いつもながらにその鐘の音と自分の仕事とは無関係だという気持ちでいたので、そのまま話を続けようとしたのだけれど、オスカー様に止められた。

「もう帰宅する時間だろう。もしよければ外で食事をしながら話を聴かせてもらえないか？　もちろん私がごちそうする」

仕事なのだから時間外でも当たり前と思っていたのに、オスカー様の申し出に驚いてしまう。

「メリル嬢。その、返事を聞かせてもらえると嬉しいのだが」

「え？　あ、は、はい！　もちろんです」

「よかった」

ふわりと嬉しそうに微笑むものだから、私はまた少しだけドキッとした。

男性への耐性がほとんどないので、これはいけないと自分を引きしめ、食事をしながらということだったので、私はそうだ、と一軒の店を提案する。友達が切り盛りしている、魔法具や魔法陣の話をしても周りの目が気にならないいい店だ。

「私の知っているお店でもよいですか？」

「ああ。もちろん」

オスカー様の快諾に、私は久しぶりにゆっくりと友達ティリーのお店へと足を向けることにしたのであった。

薄暗い店舗が立ち並ぶ、少し不気味な雰囲気の路地裏。

レンガ造りの壁はびっしりと苔で覆われ、その様子にオスカー様は少しばかり心配そうだ。

「す、すぐそこですから。本当にいい店なんです」

「あ、ああ。楽しみにしているよ」

そう答えてはくれているが、明らかにたじろいでいる。

変な店に連れ込もうとしていると思われていたらどうしようかと、不安になるけれど、目的地が見えてきた。

「あそこです！」

「そこ……か。た、楽しみだ」

ティリーの店の前は少々異様ではある。様々な種類の切り花が並んでおりその上には、外灯とは別に魔法具の灯が大量にぶら下がっているのだ。

店の扉を開けると、中からティリーの声がした。

「あら、メリル！　久しぶりじゃない！　いらっしゃい」

「ティリー！　久しぶり！　会えて嬉しいわ！」

「私もよ！」

駆け寄ってきたティリーと、お互いにハグし合い、久しぶりの再会を喜ぶ。

私の肩ほどまでしかない小柄なティリーは、私より年上らしいのだけれど実際にはいくつか分からない。見た目は十代なのだ。

茶色の髪と瞳の可愛らしい女の子だが、かなりの怪力で、彼女を知る者は彼女にだけは逆らうなと口を酸っぱくする。

「あら、そちらの素敵な殿方は誰？」

私のことをよく分かっているティリーは冷やかしたりせずに、にこやかに微笑む。

私は二人を引き合わせてから、席に着く。

飲食と魔法具の販売を兼ねた店の中には魔法書や魔法具がたくさん飾られている。

机の上にも魔法具の淡い灯がゆらゆらと揺れており、私はオスカー様に言った。

「ここでならいくら魔法具や魔法陣について語っても嫌な顔をされることがないんです！なので、出来る限りオスカー様にお伝えしますね！」

魔法陣について誰かとおしゃべりするなんて。久しぶりだなと思うと、心が浮き立つ。

何から話そう。そうだ、せっかくならば現物も見せたいと意気込むと、私は言った。

「オスカー様！　ちょっと本を取ってきます！」

「ああ、分かった。注文はどうする？」

「あ、そ、そうですね。忘れていました。その、えっと、おすすめがおすすめです」

「ふっ……ふふ。ちょっと、ははっ。そ、そうか。うむではおすすめを頼んでおく」

面映ゆくなって小さな声ではいと返すと、オスカー様はティリーにおすすめを頼んでいる。恥ずかしい。

先にティリーに私が声をかけておけばよかったと思っていると、注文を受けたティリーに肩をぽんっと叩かれた。

「さっきも言ったけれど、魔法陣について書いてある本が入荷しているわよ」

その言葉に私は瞳を輝かせる。

「嬉しい！　いつもありがとう！」

「ふふふ。貴女が一番に読むと思って除けておいたの。あっちの戸棚に別にしてあるわ」

「ティリー大好き！　取ってくるね」

「ふふふ。ええ。もちろん私も大好きよ」

ティリーに抱きついてから戸棚へ行くと、ティリーはオスカー様に視線を向ける。

二人なら放っておいても大丈夫かと本に手を伸ばしていると、ティリーの声が聞こえた。

「私とメリルは大の仲良しで、魔法陣を通じて出会ったの。貴方、なかなかの魂をお持ちね。貴方ならメリルにも相応しいわ」

突然の言葉に私はびっくりして振り返ると、焦って本を持って戻った。

「ティリー！　そういう関係ではないわ。貴女がそんなことを言うなんて一体どうしたの？」

心臓がバクバクとする。いつもは変なことを言う子ではないのに、どうしたのだろうかと訝しんでいると、オスカー様が口を開いた。

「背筋が泡立つ、この感じ。……さて、一体何者なのか」

その言葉に、私は驚いた。

「さて、何者でしょうね。まあお互いに詮索は抜きにしましょう。すぐに料理は持ってくるわ。ごゆっくりとしていてね」

そう言うとティリーはキッチンへと消えていく。

私は驚きながら着席すると尋ねた。

「ティリーについて、何か気づかれたのですか？　一体どうしてです？」

「あれほどの気迫の女性はなかなかいないからな。あとは、王族の血、故だろうか」

「なる、ほど」

「さあ、それでは魔法陣のことについて教えてくれるかい？」

「もちろんです！」

私はティリーに教えてもらった本はあとで読もうと横に置いておき、魔法陣のことが簡単に書かれている本をオスカー様に見せながら話し始めたのであった。

魔法陣の簡単な歴史から、魔法陣の発動条件など、様々なことを説明しながら、私は自分の魔法陣射影綴りを取り出した。

「これは私がこれまで調べ研究してきた魔法陣を射影して作った魔法陣射影綴りです。すべて発動するかどうかまで確認もすんでいます。魔法陣は基礎の形を変形させて作ったものが多いので、新たに研究する際などはこの中のどれと一番似通っているかを調べます。そうすることで成立した年代や目的などがより分かりやすくなるんです」

「魔法陣が発動するかどうかは、どのように確認をするのだ？」

「王城の魔法使い様に依頼をします。……ただ、実際に魔法陣を動かすためにはかなりの魔力が必要になるのでいい顔はされませんが……」

「なるほど」

話を聴いていたオスカー様に魔法陣射影綴りを広げてみせると、それをじっと見つめてオスカー様は小さく息をつき、大切なものを触るように綴りを手に取った。

次に、オスカー様は私の手へと視線を移す。

私の手は決して綺麗な手ではない。

魔法具のインクの染みはあるし、指にタコも出来ている。

そんな手を見てオスカー様は言った。

「君は……本当に努力家なのだな。この一枚を描くのに、一体何日かかったことか……この魔法陣射影綴りは、君の努力の結晶なのだな」

私はその言葉に、慌てて首を横に振る。

「い、いえ。そんな。これも研究であり仕事の一環なので」

仕事なので真面目にやるのは当たり前だ。そして魔法陣のことであれば、どんなことであれ楽しいのだ。

「何日かかっても、描き切った時の喜びはたまりません。魔法陣にはまるで物語のような曲線があり、そして一つ一つが美しい。魔法陣を描いていると、とても楽しいんです。たとえばこれなどは、飢饉が起きたことを魔法陣の中にも絵で組み込んでいるのです。そればかりではありません！　魔法陣を見ればその時代背景も見えてくるのです！」

魔法陣についてだと言葉がほとばしってくる。よどみなく話し続ける私の目の前に、ティリーが料理を置いた。

「メリル。暴走しているわよ。もう少しゆっくりじゃないと、内容について理解が出来ないわ」

苦笑を浮かべるティリーの言葉に私はハッとする。

「ごめんなさいね。この子ったらちょっと私と同じで、魔法陣に関することはオタク全開になるのよ」

「す、すみません」

　オスカー様は笑顔で言った。

「いや、私は詳しく聞けて楽しい」

　その言葉に私はつい嬉しくなって声をあげた。

「そうですよね！　魔法陣って楽しいですよね！　分かります。私も魔法陣の本を探している時にティリーと出会って、それからこのお店を知って、さらに魔法陣について詳しく学ぶようになって、いくら勉強しても、研究すればするほどに新たな発見があるんです！」

　興奮して私がそう言うと、オスカー様はうなずいた。

「新たな発見というのは心が躍るものだしな。私も自分の知らない知識が増えて嬉しい」

「本当ですか！　そう言っていただけると、止まらなくなりそうです」

　引かれるのではないか、そう思っていたのに、オスカー様は、くすりと笑って、とても甘い微笑みを浮かべる。

　男性からそんな甘い笑顔を向けられたことなど生まれてから一度もない私は、一瞬、固まってしまう。

　オスカー様はグラスに注がれた飲み物を一口飲むと、優しい瞳でこちらを見た。

「大丈夫だ。魔法陣について話す時の君は、とても活き活きとしていて、こちらも聞くのが楽しい」

「そ、そうですか！　で、では続けます！」

「ああ」

私はそのあともつい調子に乗ってオスカー様に様々な話をしたのだけれど、どんなことでもオスカー様は興味深そうに笑顔で聞いてくれた。

たまにこちらをじっと見つめる瞳に、私は美しい男性と一緒に食事を共にするというのはこんなにも精神力を使うのかと、焦ってしまった。

毎回微笑まれるのが、なんともいえない感情を波立たせるのだ。

デートとかいうものは、こういう感じなのかなぁなんてことを考えて、私は危うく変な妄想を広げそうになり頭を振った。

「どうかしたのか？」

心配そうにこちらを見つめるオスカー様に、妄想しそうになってすみませんと心の中で謝罪する。

ティリーに出会って以来の気が置けない人だったので、私は結局延々と語り続けてしまったのであった。

美味しい料理を食べ、魔法陣について話し、そして聞いてくれる人がいる。

オスカー様のイケメン具合に少し心臓を持っていかれそうになったけれど、私はとても幸福な気持ちに満たされた。

お店を出る頃には空に星が瞬いており、私は街の空気をゆっくりと吸い込み、深呼吸をした。

こちらを見送るティリーが、ひらひらと手を振りながら呼びかける。

「また二人で来てね。いつでも待っているわ」

その言葉に私はうなずき、手を振り返す。

帰り道を歩きながら、オスカー様は言った。

「世界とは広いものだな。メリル嬢の知識には驚かされる」

「そう、ですか？」

「ああ。表面的な言葉では知っていても、知識ある者に教えてもらうとこうも見え方が違うのかと勉強になった」

私はその言葉が嬉しくて、微笑んでしまう。

久しぶりに自分の好きなことを全開で話したので、よかったのだろうかと心配だった。

けれどオスカー様に気を悪くした様子はなく、感心しているように付き合ってくれた。

「ふふふ。今までティリーくらいしか聞いてくれなかったので嬉しいです」

「そうなのか？」

「はい……まあ私自身が屋敷からほぼ出たことがなかったというのもありますが。魔法陣射影師になりたての頃ティリーとは知り合ったんです。それからすぐに意気投合して……苦しくなった日にはティリーが話を聴いてくれて、私、何度も彼女に救われました」

ティリーがいなかったら私は今この仕事を続けられていないかもしれない。

だからこそ出会えたことには感謝している。

こういう他愛ないおしゃべりが出来る相手がいなかったので、今こうしてオスカー様と話しているのが不思議な感じだ。

夜になり、吹き抜けた風に思わず身を震わすと、肩に上着をかけられて私は固まる。

「少し冷えてきた。これを」

オスカー様は自分の上着を脱いで私に着せてくれたのだけれど、そのあまりにも自然な動作に私は驚いた。

この人は物語の王子様か何かなのだろうかと思ってしまう。

本物の王子様なのだけれど。

「あ、ありがとうございます」

そう答えるのが精いっぱいだったが、もしかしたら世の女性はこのような気づかいを日常的に受けているのであろうか。

社交界でも常に壁の花と化していた私には分からない。

平静を保とうとしても今自分の顔が真っ赤である自覚があった。

今日はあまり月が明るくなくてよかったと、そう思いつつ空を見上げると満天の星が広がっていた。

「星が綺麗だな」

「はい」

二人で空を見上げながら、静かな街を歩いていく。

お互いの足音だけが響くその時間が、たまらなく心地よかった。


地下遺跡へと到る薄暗く、いつまでも続く階段には魔法具の灯がつけられてはいるものの、それは照明というよりもかえって怪しい雰囲気を醸し出していた。

今日は調査のため、魔法陣射影師として私はオスカー様達に同行し、魔法信者が描いた魔法陣を見に地下へ延々と続く階段を下りていた。

少し怖いな、なんてことを考えながら歩いていると、横から声がかかる。

「大丈夫だ。私が君の安全は必ず守る」

不安が表情に出ていたのであろうか。

横で一緒に階段を下りてくれているオスカー様にそう言われ、私はちらりとそちらへ視線を向けて言った。

「は、はい。ありがとうございます」

「お礼を言われることじゃない。こちらこそ、こんな場所まで来てもらい、ありがたいのだ」

確かに魔法陣が描かれていると、どうして気づいたのだろうと不思議に思った。

それを尋ねると、アルベリオン王国には幾重(いくえ)にも国を守る魔法の仕組みがあり、その一つが反応したのだという。

詳しくは魔法使いのみが知ることを許される領域なので教えてもらえなかったけれど、例として挙げられたのが王城を守護する魔法陣についてだった。

この魔法陣については公(おおやけ)にされており、国民皆(みな)が知っている。

遥(はる)か昔、王国の建国の際に、王城に魔法陣による守護が刻まれた。以来、年に一度建国記念の日に魔法使いが魔法陣に魔力を注いで維持(いじ)することが習わしとなり、今に至る。

私は国を守る仕組みが、王城の魔法陣以外にもあったのかと内心驚く。

今回異変を感知した場所は三カ所で、確認するとそこには魔法信者が描いたと思われる魔法陣があったのだという。

何か怪しげな儀式(ぎしき)をしていた疑いが高いと考えられている。

階段をすでに一時間ほど下りているのだけれど、まだ着かないのだろうかと、いつも運動をしない私は大きく息を吐いた。

オスカー様はくすっと笑い声を漏らすと言った。

「緊急事態が生じた場合、両手が塞がっていると対処に困るので抱き上げることは出来ないが背負うのは大丈夫だ。なので、疲れたらいつでも言ってくれ」

冗談のつもりだろうか。

それとも本気なのであろうか。

私はどう答えるのが正解なのか分からず笑みを浮かべて曖昧な返事をした。

オスカー様は、私に依頼している立場ということもあってか、とても細やかな気配りをしてくれる。

オスカー様ほどの人であれば、美しい女性をいつでも相手に出来るだろう。それなのに、私のような見た目底辺な女にまで笑顔を向けて……しかもその笑顔が愛想笑いの類ではないと感じられるのだから困る。

元々この人はいい人なのだろう。

メイフィールド家の肩書きなしに、男性からちゃんとした女性として優しく接してもらえることなんて、今までなかった。

ただこれだけの人がここまで親切だといらぬお節介かもしれないけれど、その優しさを誤解してしまう女性も現れるのではないだろうか。

罪な人である。

とりとめのない思考を繰り広げながら永遠とも思えた階段が終わり、私達はそのまま薄暗い通路を進んでいく。

すると、いきなり先が開けた。

「広いですね」

「ああ。こっちだ」

声が反響して響く。どこからか、水滴の落ちる音も聞こえ、肌寒い。

怖さが倍増したような気がして、身震いしながらオスカー様の案内に従うと、騎士達が明かりをともす。

すると、暗かった空間がどのような場所なのかがはっきりと見通せた。

「わあぁ。これは！」

床一面に複雑な魔法陣が描かれており、私は思わず息を呑んだ。

「魔法陣……今まで、見たことのない魔法陣です……すごい」

私はそれを凝視しながら、ところどころに不思議な部分があることに気がついた。

「これは……」

何かがおかしいのに、どこの配列がおかしいのかが分からない。

私は一体どういうことだろうかと、羽織っていたローブの内側にお手製で縫い付けた大きなポケットから、魔法陣射影綴りを取り出し、それをぺらぺらとめくっていく。

裏表紙の裏には魔法についての記述をメモしたものがいくつか入れてあるので、見比べながら、魔法陣を精査していく。

私はじっと図形の線を目で追い、指でなぞり、そして頭の中で構成を組み替えていく。

魔法陣は美しく、そして繊細なものだ。

一つのミスで発動しなくなったり、作用を変えてしまう。だが、目の前の魔法陣の違和感はそういった類のものではない。

「おいおいおい。お前、まだ時間がかかるのか？　相変わらずぐずだなぁ」

ロドリゴ様もここまで一緒についてきており、下りてくるだけで私同様にかなり体力を消耗した様子である。

疲れてイライラもしているのであろう。

だけれど、私はそんなことはおかまいなしにロドリゴ様に言った。

「ロドリゴ様、この魔法陣は攻撃性のあるものかもしれません。一度退避したほうがいいです。オスカー様！」

近くにいたオスカー様に私がそう声をかけると、ロドリゴ様に腕を摑まれる。

「お前、オスカー殿下に色目を使いだけじゃないのか？」

「は？　え？　違います。危険な気配がするんです！」

「おかしくないだろう。はぁぁ。こんな魔法陣ただのいたずらだろう？　ほら」

「ロドリゴ殿！　何をしている！」

オスカー様はロドリゴ様を止めようと声をあげるが、ロドリゴ様は魔法陣の中に入り、足をどんどんと踏み鳴らしてみせる。制止のために、数人の騎士達が彼に続いた。

私はその瞬間に、わずかに魔法陣が反応したのを見た。

「ダメ……退避！　退避をお願いします！」

私の声にオスカー様はすかさず声をあげた。

「皆！　退避だ！　急げ！」

私の言葉をすぐに信じてそう号令し移動を指示したオスカー様に反し、ロドリゴ様はせせら笑う。

「大丈夫だろう？　ハハハ！」

バカにし続けるロドリゴ様に、私はらちが明かないと背を向けるとオスカー様に駆け寄りながら説明をする。

「オスカー様！　魔法陣が変な挙動をしています！　攻撃性のある魔法陣の恐れがあり、その場合ここが崩れかねません」

「わかった。急ぎ撤収するぞ！」

騎士達が慌てて動き始めた時であった。

床に描かれていた魔法陣とは別の魔法陣が新たに宙に浮かび上がり、青白く光り始める。

いくつも連鎖するように広がっていき、青白い魔法陣が薄暗い空間に不気味に輝きだした。

「だめ……これは……間に合わない」

禍々しい光を見た瞬間、私はそれを悟り、嫌な汗が背中を伝っていくのを感じた。

この場で魔法陣に詳しい人間は私一人だけで、この調査に魔法使いは同行していない。

それもそうである。現在アルベリオン王国では数名の魔法使いが在籍しているものの、王国を守るために多方面に活動中で、調査にすぐに同行出来る余裕などなかった。

筆頭魔法使いアルデヒド様は有名で、もちろん弟子達も優秀だと聞く。だが、そんな弟子の中にあってすら、魔法使いと名乗れる者はほんの一握りである。

魔法使いとはそれほどまでに貴重であり、王国を支える柱の一つなのだ。

魔法使いを育てようとアルベリオン王国も力は入れているものの、そもそも体内に持つ魔力の量は生まれつきであり、後天的に増やせるものではない。

魔法使いが一人でもここにいたならば、状況は違っていたのかもしれない。魔法使いがいたならば、この魔法陣の発動を一時的に止めることも出来たかもしれない。

そう一瞬考えたけれど、すぐにそれは間違いだと気づく。

今この場所に出現した魔法陣の数と、その魔法陣の精度は魔法使いであっても、どうにか出来るレベルのものではない。おそらくアルデヒド様くらいしか制御は不可能だろう。

私は一分一秒も無駄には出来ないとその場で判断すると、魔法陣射影用の紙をローブの内側のポケットから取り出した。

「オスカー様！　皆を集めてください！　退避では間に合いません！」

切羽詰まった私の声に、オスカー様は聞き返すことなく同意するようにうなずくと声をあげた。

「総員！　急ぎここへ集まれ！」

オスカー様の声に皆がざわめき始めた。それはそうだろう。今現在何が起きているのか誰も分からないであろうから。

それはある意味幸せなことだと、私は冷や汗をかきながら思う。

「突然どうしたのでしょうか！」

「な、何が起こった？」

「魔法陣が光っている!?　大丈夫なのか」

それぞれが困惑の声をあげる中、私は魔法陣を射影する紙を数枚並べ、それを前に深呼吸する。

ざわめきを制し、オスカー様が声をあげた。

「静かに待機！　何が起こるか分からない！　体を低く、衝撃に備えろ！」

オスカー様の声に、緊迫した空気が流れ、全員が体を低くして身構える。

ロドリゴ様は騎士に押さえつけられて伏せさせられているようで、小さな声の文句が聞こえた。

時間は有限。

私はそんな中、呼吸を整えると全神経を集中していく。

おもむろに魔法陣射影用の魔法具の羽ペンを構えると、空中に向かって魔法陣を射影し始める。

同時に、手にしたままだった魔法陣射影綴りが空中に浮かび、私の魔法陣に呼応するように青白く光った。

続いて置いていた紙が浮き上がり、空中に浮かぶ魔法陣の前に並ぶ。

呼吸すら忘れて、作業を続ける。

緊迫した状況だけれども、魔法陣を描くことは楽しい。しかも今からこの魔法陣を発動させるのだと思うと、心の中でワクワクしてくる。

「基礎魔法陣射影完了、転用魔法陣射影開始、同時に転写開始！」

青白い魔法陣の線が空中に広がり、巨大な花が咲くかのように広がっていく。

強い風が吹き始めるが、私はかまわず、魔法陣を描き続ける。

「魔法陣射影転写！　転写時誤記箇所修復！」

インクが切れる瞬間、私は描き切った。

「射影完了！」

次の瞬間、魔法陣が光り輝く。それは美しいけれども、ただ美しいだけのものではない。

輝きを放つそれを見つめ、私は高揚感に包まれる。

私は魔法陣に向かって、自らの体の中に流れる魔力を注ぎ込む。

体が青白い光に包まれ、糸が広がるように、魔法陣へと魔力が流れ込んでいく。

その光景に皆が息を呑んだ。

「嘘だろう、なんだ……あの魔力」

「初めて見た」

「魔力って……あんなの……ありえない」

私は真っすぐに魔法陣を見つめて言った。

「発動！」

その瞬間、私の体をオスカー様が守るように抱きかかえるのが分かった。

緊迫した瞬間だというのに、私は自分の体ががっしりとした男性の腕の中にあることに衝撃を受けた。

先の魔法陣が広がり、突風を呼び、巨大な爆発を引き起こす中、一カ所に集められた騎

士団とロドリゴ様だけは、私が生み出した魔法陣によって張られた結界で間一髪爆発から守られる。

凄まじい炎と粉塵が激しく結界に叩きつけ、数名がしりもちをつく。

ロドリゴ様は転げ、悲鳴をあげた。

私が展開した魔法陣はそれだけではない。

天井や壁が吹き飛ばないように、私は魔法陣を取り囲むように防壁としての魔法陣も発動させている。そのため、遺跡が崩れ落ちることもなく、被害はある程度抑えられたはずだ。

ただし、私は急ぐあまりに自分自身は安全圏内から少し出ていた。オスカー様がいなければ吹き飛ばされていただろう。

逞しいオスカー様の胸にぎゅっと顔を現在押し当てている状況であり、動けなかった。というか、動けばさらにオスカー様の鍛え上げられた胸に顔を埋める形になり、変態だと思われかねない。

ただ、なんというか……すこぶる心地はよい。

「な、なななななんだ一体！　何が起こったのだ！」

ロドリゴ様は体を起こすと声を嗄らしてがなり立てる。他の騎士達も立ち上がりながら、一体何が起こったのかと分からない様子である。

爆発の炎は、私の仕掛けた魔法陣に吸い込まれ、最後にボフンと音を立てて消えた。

その場に残ったのは粉々に砕け散った謎の魔法陣の痕跡と、巻き上がる砂埃だけである。

「なんだ！　安全じゃないじゃないか！　危険だ！　俺をこんなところに連れてくるなんて、どういうことだ！」

叫ぶロドリゴ様の大声に、気の抜けた私は小さく息をつく。

「無事でよかった……」

下手をすれば全滅であっただろう。安易に仕事に臨んだなと少しだけ反省をする。

もっとちゃんともしもの時を鑑み、緊急事態に備え用心すべきだった。

色々と省みる中で、すこぶる居心地のよいオスカー様に抱き込まれる機会はこの先二度とないだろうから、もう少しだけゆっくりさせてほしいと願ったことは、墓場まで持っていく秘密にした。

「メリル嬢、大丈夫か？」

オスカー様からかけられた言葉に、私はハッとすると顔を上げる。

本人に少しばかり至福のひとときを堪能しておりましたとは言えないので、表情を引きしめる。

こちらを真っすぐに近距離で見つめられて、私は早く離れなければ心臓が持たないとバタバタとしてしまう。

「すすす、すみません。私ごときがなんと不遜なことを！」

「いや、大丈夫だ。動かないで」

「え？」

腕から出ようとしたのに、そのまま私はオスカー様に抱き上げられる。

一体全体何が起きたのだろうかと焦っていると、オスカー様が周りに声をかける。

「状況を把握する！　負傷者はいないか！」

オスカー様の声に、安否確認ののち騎士の一人が報告を上げる。

「問題ありません！　こちら損害は軽微です」

「俺は怪我をしたぞ！　転んだ！　ふざけるな！　こんな危険だと分かっていたら参加しなかった！」

そう声をあげたのは憤慨したロドリゴ様であり、こちらに向かって肩を怒らしずんずんと歩み寄ってくるや否や。

「メリル！　お前のせいなのだろう！　お前が何かをしたのだな！」

糾弾に、私は言葉を返す。

「私が何もしなければ全滅でした。それでも何もするなと？」

ロドリゴ様は唇を噛んで声をさらに荒らげる。

「はっ！　とんだペテンだな。お前が妙な魔法陣を爆発させたのだろう！」

言いがかりをつけるロドリゴ様が少し落ち着いたタイミングで、オスカー様が冷ややかな声を発した。

「我々は、今、魔法陣射影師であるメリル嬢に助けられたところだ。それなのにもかかわらず、彼女を罵倒するとは、どういう了見か」

「え？　あ、いや、だって」

まだ言い募るロドリゴ様を、オスカー様が制止した。

「今、我々が無事に生きていられるのは、ここにいる魔法陣射影師の女性が危険にいち早く気づき、行動したおかげだ！　皆、彼女に感謝し、それと同時にこのようなことが街で起きないように調査を急ぐぞ！」

「「「「はっ！」」」」

騎士団の皆が私に対して敬礼をし、私はその様子に驚く。

ロドリゴ様は気圧されて黙り込み、オスカー様は腕の中の私を見ると言った。

「ありがとう。君のおかげで命拾いをした」

「い、いえ」

「だが、この一件、さらに緊急性が増した。今後も協力してほしいが……君の意志を尊重する」

今日のことで、ただの助言者ではすまないのだということも私はしっかりと認識した。

これは、命の危険性すらある要請なのだ。

そしてそれを承知した上で私はうなずいた。

「調査協力します。私も気を抜いていました。もっと心して参加します」

あっさりと私が了承したからだろうか、オスカー様が少し驚いたような表情を浮かべる。

この同意は決してすべてが正義感からというわけではない。正直に私はそのことについても伝える。

「危険とはいえ、魔法信者がここまでの魔法陣を描いたことは驚きました。魔法陣は正確に描くことが大変難しいものなのです。しかもどういう理由で作動したのかも気になります。出来れば私も今後の研究に生かさせてもらいたいのです！」

つい興奮してはっきりそう告げてから、しまったと思い、口をつぐむ。

そんな私に向かってオスカー様は言った。

「君は……分かった。ありがとう」

私はうなずき、そろそろ下ろしてもらおうとしたのだけれど、その時ハッとする。

「オ、オオオオ、オスカー様！　怪我をしています！」

「どこだ⁉　大丈夫か？　ああ、本当だ。ここに擦り傷が出来てしまっているな。うん、すぐに一度上がって医者へ診せよう！」

「違います！　私ではなくてオスカー様です！　腕！　腕から血が出ています！」

オスカー様の制服の袖が破れていた。私を庇った時に何かに当たったのかもしれない。

私が青ざめてそう言うと、オスカー様は困ったような表情を浮かべる。

「いや、このくらいは平気だが」

「平気？　いやいやいや、痛いです！　ててて、手当てしましょう！」

「えっと、そう……だな。まあ君を医者へとまずは連れていかなければならないし、分かった。少し待ってくれ」

「え？　はい」

オスカー様は私を抱き上げたまま近くにいた騎士へと声をかける。

「離脱して医者に彼女の手当てをしてもらってくる。皆は残っている魔法陣がないか調査、発見した場合は早急に撤収するように。いいな」

「はっ！　了解いたしました。あの、こちら、魔法陣射影師殿のものではないかと……」

そう言って騎士が持ってきてくれたのは、私の魔法陣射影綴りと転写しておいた今回の記録用の魔法陣である。

私は見つかってよかったと思いそれを受け取った。

「ありがとうございます」

「いえ、こちらこそ命を救っていただきました！　ありがとうございます！」

そう言って騎士は敬礼をすると踵を返す。

オスカー様は言った。

「皆が感謝している。君がいなかったら全滅だったかもしれない……」

「……気を引きしめます」

「あぁ、私もだ」

オスカー様と抱きかかえられたままの私、数名の騎士、そしてロドリゴ様と一緒に地上へと向かう。

私は歩けると言ったのだけれど、オスカー様に下ろしてもらえなかった。

しかも、担がれるのではなく抱きかかえられており、私はよいのだろうかと思った。

「あの、私、歩けます……それに、さっきは背負うとおっしゃっていたのに……」

そう告げると、オスカー様は小さく笑って言った。

「だから他の騎士を同行させた。安全にこのまま地上へ出よう」

「は……はい」

実際のところ、私は久しぶりに自分の魔力を使ったので少し疲れていた。それと同時に不安に思う。

私が魔力を持っていることについて知っているのは、実はお母様だけだ。

幼い頃にお母様が気づき、怒鳴られ叩かれて以来、私はこのことをずっと秘密にしてきた。

生まれた我が子が、自分とは似つかない黒髪赤目で、魔力を持っている。それはお母様にとってはかなり衝撃的なことだったのだろう。

だからこそ、私は化け物のようだとお母様に蔑まれて育った。

ただ、最低限の教育は受けさせてもらえ、そして図書室を自由に利用できたことで私は学び、知識を得ることが出来た。

それによって自分が魔物ではなく、魔力があるだけの人間だと知ったのだ。

本来ならば魔力持ちは誉れと言われ育てられると本で知った時の私の絶望感は、言葉にしようがなかった

そして疎まれ嫌われ続けたお母様の手前、魔力を持っていると誰かに言うことは憚られたのだ。

魔力持ちであることを公言さえすれば、魔法使いの道も自分には開けたのかもしれない。

ただ、私にはその勇気はなかった。

そして私は魔法使いの道よりも、魔法陣射影師になりたいと夢を抱き、今の職に就いたのだ。

魔法陣のように廃れた過去の遺物が今の世の役に立つわけがないとされ、魔法陣射影師

のその研究も私が就任するまでおざなりであった。

故に、魔法陣射影師を名乗るに際し資格などは必要はなく、研究をし終えた魔法陣が発動するかどうかの確認は魔法使いの方に頼むのが慣例だった。

私が魔力持ちだなんて、誰も思っていない。

そして私自身も、ずっとお母様の呪縛に囚われて隠してきたのだ。

けれどもそれが露見してしまった。

オスカー様も今は何も言わないけれど、いずれ問われるだろう。

アルベリオン王国内では大量に魔力を有する者は、ほとんどいない。

それこそ王国の筆頭魔法使いアルデヒド様くらいのものである。

私は、どう話すべきかと頭を悩ませたのであった。

地上に出てからは私はオスカー様の馬に乗せてもらい王城の医務室へと向かった。

常日頃怪我をすることなどない私がこの場所に来るのは初めてで、少し緊張していると、中から優しそうな男性の声が聞こえてくる。

「次の方どうぞ～」

私達が診察室へ入ると、栗色の髪と瞳の丸眼鏡をかけた物腰柔らかな雰囲気の医官が待っていた。

「医師のディック・バンです。騎士団の、オスカー殿下と魔法陣……射影師、の、メリル嬢ですね」

待つ間に助手の方に聞かれて答えた問診票を確かめつつ口を開く。

「では、オスカー殿下から診ましょう」

「いや、メリル嬢から頼む」

オスカー様の言葉に、ディック様は眉間にしわを寄せたあと、笑顔で言った。

「うんうん。メリル嬢を先にという心意気はさすがですが、殿下の手当てからです。さあ腕を出して」

迷うオスカー様に私も促した。

「先に治療を受けてください。お願いです」

オスカー様は小さく息をつくと、患者用の椅子に座り腕をディック様へと差し出した。

「袖はハサミで切りますね。では処置をしていきます。メリル嬢、少し時間がかかるので外で待っていてください」

「分かりました」

私は椅子から立つと一度廊下へと出た。

大丈夫だろうかという心配と、痛む腕に負担をかけた罪悪感に苛まれる。

オスカー様の傷を悪化させるようなことになっていたらどうしよう。

しばらく待っていると、治療を終えたオスカー様が出てくる。

腕には包帯が巻かれていた。

「大丈夫ですか？」

歩み寄りそう尋ねるとオスカー様は笑顔でうなずく。

「ああ。このくらいはただのかすり傷だ」

そうオスカー様が言うと、診察室の中から声が響いた。

「かすり傷ではないですよー。ちゃんと明日も診せにきてくださいね」

その言葉に、オスカー様へと視線を移すと目をそらされた。

頭の中で、この人は人への気遣い（きづか）のためならば嘘をつける人なのだと把握した私は、今後オスカー様が怪我をした時には絶対に無理はさせないと決めたのであった。

「メリル嬢もお入りくださいー」

「あ、はい！」

私は指示に従うと、対面の椅子に座る。そして擦りむいていた手と膝（ひざ）の診察を終え、消毒をしてもらう。

「貴族のご令嬢が肌（はだ）に傷をつくるものではないですよ」

「はい……」

「ご令嬢は怪我をするようなことには参加しないのが一番です。はぁ。どうしてあなたを危険な現場にオスカー殿下は連れていったのか」

　ため息をつきながらそう言われ、私は首を横に振る。

「あ、あの、違います」

「あ、もしかして断れなかったのですか？　私から話をしましょうか？」

「あ、いいえ。あの、自分で受けた仕事なので」

「え？　……失礼ながらメリル嬢はメイフィールド家のご令嬢でしょう？　無理せずにご実家に帰られては？　危ない仕事をご令嬢がするべきではないですよ」

　きっと、悪気があって言っているわけではないのだろうなと思う。

　これがこの国の常識であり、私がこうやって働いているほうがおかしなことなのだ。

　だけれども、私は拳をぐっと握り込む。

　擦り傷くらい、どうってことはない。

　私は自分で選んで今の仕事に就いたのだ。こんなことくらいでは魔法陣射影師を辞めることも、オスカー様の依頼を断ることもしない。

　私は自分に出来る仕事をしたい。

「お気遣いありがとうございます。治療もありがとうございました。では失礼します」

　そう言って立ち上がろうとした時、ディック様に手を取られ、私は動きを止めた。

　ディック様はにやりと笑うと言った。

「メイフィールド家の出来損ないっていうのは本当みたいですね。ふふふ。私でよければお相手になりますよ？　どうですか？　そうすれば貴女の汚名も返上でしょう」

たまにこういう人が現れる。

私は見た目も、性格も、名家のメイフィールド公爵家には相応しくない出来損ないだと言われる。けれど、私の血は確かにメイフィールド家のものであり、だからこそ家同士のつながりのために婚姻を望む男性はいる。

そうした男性の瞳は野心に満ちていて、私の心は冷えていく。

「私は魔法陣射影師として生きていくつもりですので、お断りします。手を離してください」

ディック様はにやにやとまた笑う。

「ああ、もしかしてオスカー殿下が好きなのですか？　あはは！　無理ですよ。彼は第二王子であり、この国のいずれ守護神となる男ですよ？　貴女では釣り合わない」

一言もそんなことは言っていないのに、私は勝手な邪推にむっとしてしまう。

最初から百も承知で、いくら胸がときめいても、自分には不相応な人だと理解している。

なので、恋愛対象として見ていない。というか、そもそもの前提として恋愛自体私には無理だと諦めている。

「離してください！」

「何をしている」

「あ」

　私の声が外にまで漏れたのだろう。オスカー様が慌てた様子で扉を開け、私達を見て声を荒らげた。

「どういうつもりだ」

　オスカー様は私とディック様との間に割って入り、私を庇うように背に回した。

　ディック様は慌てた様子で両手を上げる。

「あぁ、いえいえ、メリル嬢とただ少し話をしていただけですよ」

「話？　一体なんの？」

「いや……ほら、怪我をする仕事なんてよくないでしょう？　大きな怪我でもしたら縁遠くなるし、そもそも独り身のまま働くなんて、ご令嬢は嫁いでこそが幸せだというのに……オスカー殿下の考えも同じでしょう？」

　ディック様に問いかけられ、オスカー様は眉間にしわを寄せたまま返した。

「……怪我をさせてしまったことは申し訳なく思っている。だが、それが何故生き方の話に？　貴族の令嬢が結婚するのが幸せとは、誰の意見だ？　現在メリル嬢は自分の力で今の仕事に就いている。それを何故医官である君に口を出す権利がある？」

　オスカー様はあくまでも冷静にそう言う。

「いやぁ、でも……結婚しない女性は……ね？」

同意を求めるようにディック様はそう言うけれどオスカー様が首を傾げる。

「結婚しない女性はと繰り返すが、メリル嬢は今仕事をしているがこの先結婚しないとは言っていない。また、結婚しない人生の選択も、もちろんあるだろう。だがそれは本人が決めることであって、初対面の君には関係ない」

真っすぐに言い返すオスカー様の指摘に、私はぐっと握り込んでいた拳をゆっくりと解く。

こんな考えを持った男性もいるのかと内心かなり驚いていた。

ディック様はオスカー様に同意してもらえると思っていたのだろう。劣勢に何も言えなくなったのか、顔色を悪くする。

「あ、えーっと、いや、ああそうだ。薬を処方しておくので受け取ってくださいね。では、次の診察があるので、外へ出てください」

追い払いたいのが見え見えではあったけれど、私はオスカー様の腕を取って言った。

「オスカー様、ご心配おかけしてすみません。行きましょう」

「……まだ話は終わっていないが……」

オスカー様が睨みつけると、ひえっと小さく声を漏らしディック様は言った。

「えっと、その、あの、わ、私がご気分を害してしまったようですね。すみません。その、謝りますから」

　口先だけの謝罪。

　私のような女の前では、横柄(おうへい)な一面を見せたのに、強い立場の男性の前では手のひらを返すのだなと思う。

　オスカー様を促して外に出ると、真っすぐに見上げて私は言った。

「オスカー様って、素敵な人ですね」

　何も言い返せなくて情けなく思っていたのだけれど、オスカー様が自分の気持ちを代弁してくれたおかげで救われる。

「ありがとうございます」

　そう伝えると、何故かオスカー様は少し驚いたあとに、視線をぱっとそらした。

「いや、あまり力になれずすまない」

「いえ、十分になってくれました」

　続いてオスカー様に今日はもうゆっくり休み、明日また魔法陣については詳しく教えてほしいと頼まれた。

　私がうなずき歩き出すと、オスカー様が宿舎まで送っていくと申し出てくれた。遠慮(えんりょ)しようかと思ったのだけれど、もう少しだけ一緒にいたくてお願いをした。

　肩を並べて歩きながら、会話の糸口を探していると、オスカー様が重い口を開いた。

「言いにくかったらいいのだが……これまでもああした男はいたのだろうか」

ディック様のことを指しているのだなと察した私は、少し考えてから答えた。

「……私は一応メイフィールド公爵家の娘なので、家を継ぐことの出来ない次男の方や三男の方はお金が目当てで、また長男でも男爵家や子爵家の方々にしてみれば、公爵家とのつながりが欲しいようでして、そうした皆様から声をかけられることはあります」

私がモテているわけではない。

メイフィールド公爵家という肩書きに引き寄せられてくるだけだ。

「そうなのか……」

「はい。職場に嫌がらせをされることもありました。ですが、ロドリゴ様がそういうところは助けてくれるんです」

「ほう。なんだ、意外だな」

「ふふふ。はい」

女性とは結婚こそが幸せ。そう言って何度も何度も魔法研究部に押しかけてくる者もいた。

ただそうした輩に対しては、ロドリゴ様が持ち前の嫌味で撃退してくれる。そこだけはロドリゴ様に感謝していた。

高圧的で不当な仕事を押しつけるのには閉口しているが、彼は私が働くこと自体に反対していいるわけではないので、その点はとてもありがたい存在だった。

「……そうなのか。まぁ、君ほど魅力的な女性ならば、うむ、声をかけたくなるのも仕方がないか」

「へ？」

　言われた言葉の意味が分からずに、オスカー様を見上げると、オスカー様はどうしたとでも言いたげに首を傾げる。

　この人は、こんな私にも気遣いでお世辞を言ってくれるのか。

　これは、女性を勘違いさせてしまうのではないかと私は親切心から忠告した。

「オスカー様。あの私のような女にまでそのように接するべきではないです。社交辞令を真に受けて、勘違いした女性に、いつか後ろから刺されますよ」

　真面目な顔でそう伝えたのだけれど、オスカー様は楽しそうに笑った。

「はははは。後ろから……っふ。私を後ろから刺せる女性とはかなりの猛者だろうなぁ。まあそれは置いておいて私のようなとは？　君は十分素敵な女性だが」

　真っすぐに言われ、私は固まってしまう。

　この人は、まさか本気で私をそのような女性だと思い込んでいるのであろうか。

　もしや、目が悪い？

「あの、視力は大丈夫でしょうか」

「もちろん、目はかなりいい。っふふ。なんだ君は面白いな」

「いえ、そのようなことは……」

「ふむ。だが不思議だな。自分の力で王城で働き、しかも唯一の魔法陣射影師として採用されているのだから優秀なのだろう。それに……その、私から見れば君の瞳も、おさげの髪形も……とても、か、可愛らしいと思うのだが」

「へ？　はえ⁉」

驚きのあまり変な声が出てしまう。

私の目が、このぼさぼさのおさげが、可愛い？

そう思った時、ちょうど宿舎の前に着き、私は慌てて話を切り上げた。

「あああえっと、その、ありがとうございました！　でで、では、失礼します！」

「え？　ああ」

「では！」

そう言って部屋へと駆け込みドアをバタンと閉める。

心臓がバクバク鳴って、もう意味が分からないと思いながら一歩踏み出した瞬間、床に散らばっていたものに足を引っかけ思いっきり転んだ。

それと同時に、山積みにしていた物品が雪崩を起こし、私は押しつぶされた。

「わあぁっ！　きゃ……ぐへぇ……」

最後のほうは確実にカエルがつぶれたような声であった。

「メ、メリル嬢⁉　大丈夫か⁉　中に入るぞ！」

現在大量の物の下敷きという状況であり、私は身動きすら取れない。

こんなことになるなら片づけておくべきであった。

もふちゃんの夢を見て、寝室（しんしつ）へとすべて追いやった物を、積み重ねてこちらの部屋に戻したのが悪かった。

しかし、私はハッとする。

この部屋に、オスカー様が⁉　いやいやいや。無理だろう。

第二王子をこんな腐海（ふかい）に入れていいわけがない。

「だ、だめっ！」

「メリル嬢大丈夫か⁉」

オスカー様はドアを開けるなり、溢れたものに押しつぶされている私を見て驚きの声をあげると、慌てた様子で私のことをおびただしい物の中から助け出してくれた。

恥ずかしい。

もういなくなってしまいたい。

うめいていると、オスカー様は私に怪我がないことを確かめてからさわやかな笑顔で言った。

「無事でよかった……転んだのか？　その拍子に、散らばってしまったようだな」

消えてしまいたい。

私がもうどうにでもなれと捨て鉢でいると、オスカー様は部屋を見回してから言った。

「片づけを手伝おう。これでは、休めないだろう」

「え？」

「よし。ではメリル嬢は、私に見られたくないものは袋に入れて向こうの部屋へ持っていってくれ。私は適当に掃除を始めてもいいか？」

「えっと……はい」

有無を言わさぬその言葉に、私はうなずく。

突然始まった大掃除に、私は内心オロオロしながら、手を動かし始めたのである。

不器用な私と比べてオスカー様の手に迷いはなく、どんどん掃除が進む。

自分の部屋を男性に片づけられるということに衝撃を受けている間にすべてが終わり、オスカー様はごみを、王城内にあるごみ集積場まで運んでくれた。

私が綺麗になった部屋に立ち尽くしていると、ごみを捨てにいったオスカー様は、麻袋に食材を入れて帰ってきた。

「え？　え？　あの、どうしたのです？」

「ちょうど夕食の頃だろうと思って、王城の厨房から色々もらってきたのだ」

「え？」

私は一瞬で青ざめる。

高級な食材があっても、私に料理は出来ない。

わたわたしていると、オスカー様は荷物を片づいた机の上に置いて言った。

「サンドイッチでも作ろうか。キッチンを借りてもいいか？」

「へ？　あ、はい」

「いい肉ももらってきたんだ」

そう言って机の上に出されたお肉を見て、私は目を輝かせた。

「わぁぁぁ」

「豪勢(ごうせい)にいこうか。メリル嬢は座っていてくれ。今日は私が君に作らせてほしい」

「え？　で、でもお怪我は？」

「このくらい大丈夫だ。世話になったお礼もしたかったんだ。今日はちょうどよかった」

「世話？」

「あ、これは先ほど地下で助けられた礼ではないぞ。命を助けてもらったのだ。今日の礼はまた改めてする」

「え？」

オスカー様はそう言うと腕まくりするや手際(てぎわ)よくパンを切り、バターを塗(ぬ)って、野菜をのせ、焼いて味付けした肉を挟んだ。

その他にもゆで卵やハムのサンドイッチを完成させていく。

私も手伝いたかったけれど、むしろ邪魔してしまう気がして、飲み物を用意すると大人しく待った。

ふと窓の外へと視線を向けると、太陽が沈み、薄闇の中、雲が流れていくのが見えて、私はほっと息をつく。

なんだか久しぶりにゆっくりしている。あんな事件があったことが嘘のようだ。

「さあ、出来た。食べようか」

「わぁぁぁ。美味しそうです！」

私達は椅子に座り、サンドイッチを手に取りかぶりついた。

オスカー様も私も、選んだのはまず肉厚なサンドイッチである。

肉汁がしたたり落ちて多少行儀は悪いけれど、かまっていられない。

「おいひいでふぅ～」

「あぁ。うまい」

お肉最高である。こんなにいいお肉にはなかなかありつくことが出来ない。

それをサンドイッチで、かぶりつきだなんて、なんという至福だろうか。

「ひあわへですぅぅぅ」

ほっぺたが落ちそうである。口の中にたくさん頰張って食べることが出来て幸せ。

メイフィールド家にいた頃には豪華な料理を出されたこともあったけれど、砂を嚙むようでいつも味がしなかった。

けれど、オスカー様と一緒に食べていると、お腹も心もなんだかほんわかしてくる。満たされるというのはこういうことなのだろうか。

私とオスカー様は静かな部屋で、お互いに美味しいねと笑い合いサンドイッチを食べた。

お腹いっぱいになった私は、片づけは自分がするのでと言って、洗い物をオスカー様がいる間に終わらせてしまう。

オスカー様が帰ったあとだと、やらない気がしたから。

そして食後の紅茶を楽しんだ。

実家からもらった紅茶があってよかったと、内心ほっとしたのはここだけの話である。

なんだか一気に家族みたいな雰囲気になったなぁと私は思った。そして家族という言葉に、小さくため息を漏らしそうになる。

家族とうまくいかない私が、家族みたいとは？　と、自嘲気味に笑ってしまう。

それと同時に、遅い時間に男性が部屋にいても、オスカー様ならドキドキは確かにするけれど、自分が恋愛対象外なのはもはや当たり前すぎるから、残念だけど安心する。

私達はその後もなんだかんだと楽しく会話を続けていた。

そして、今日の事件についても私とオスカー様は考察を始めたのである。

「あの魔法陣は、かなり古いものでした」

「古いものか……だが、何故発動した？　魔力を誰かが流したわけでもないぞ」

「はい。それにあの魔法陣は正しい発動の仕方はしていないと思います。魔法陣の描き方に歪(いびつ)な箇所があり、おそらく失敗作なのではと。ですが、それでも発動した」

「何故？　魔力を流さずに使う方法があるというのか？」

私は丸眼鏡をかちゃかちゃといじりながら、少し考える。

それから魔法陣射影綴りを取り出すと、今日転写しておいた魔法陣を見つめる。

かなり古い魔法陣であることは確かだ。

そして歪な配置をもたらしている蛇(へび)の文様。失敗の起因はこれとして、別の場所で見たことがある気がする。どこだっただろうと思い出そうとしても、仕事がらみというところまでで、それ以上は分からない。

私は勘違(かんちが)いだろうかと小首を傾(かし)げてから言った。

「この魔法陣、もしかしたら失敗作の転用なのかもしれません。つまり、失敗作だけれど、爆発するという性質を発見し、それを発展させた。実験をしてみなければ確証は得られませんが、なんらかの発動条件を満たせば自爆(じばく)する魔法陣ではないでしょうか」

「それは、厄介(やっかい)だな」

「はい。本当に厄介です。普通の魔法陣であれば、魔力がなければ発動しませんから」

「魔力がある人間も少ないからな。まあ、私は多少有しているが」

「そうなのですか？」

「ああ。王家の血筋は案外多いのだ。兄上も魔力を持っている」

「そうなのですね」

答えながら、流れでどうして私に魔力があるのか聞かれるのかなと、身構えていた。

だけれども、オスカー様は何故かそわそわし始める。

「えっと、す、すまない。そろそろ、その、帰ろうと思う」

「え？」

突然のことに私は少し驚くけれど、確かにすでに夜も更けてきたし、オスカー様も忙しい人だからとうなずく。

「引きとめてしまってすみません。あの、サンドイッチすごくおいしかったです。それに片づけも、ありがとうございました」

「あ、いや、いいんだ。私も……う……」

「オスカー様⁉」

うめき声をあげたオスカー様は胸を押さえながら床に膝をついた。

駆け寄ると、かなり冷や汗をかいている。

「オスカー様、とりあえず横になりましょう。人を呼びます！」

「あ……いや……原因は分かっているから、だい……じょうぶだ」

そうはいってもかなり苦しそうである。絶対に横になったほうがいい。

私はオスカー様に懇願した。

「お願いです。ベッドで休んでください。すぐにお医者様を連れてきますから」

「だい、じょうぶだ」

オスカー様は立ち上がるとふらふらとした足取りで外へと出ようとする。

私は絶対に倒れてしまうと思い、泣きそうになりながら止めた。

「お願いです！　寝てください！」

「す、すまない……急用があるのだ」

「で、ですが」

オスカー様は苦しげな表情でドアに向かっていく。せめて私は王城の本館まで送り届けようと思った。

「分かりました！　ではついていきます」

「必要ない、すまない」

オスカー様はいきなり脱兎のごとく俊敏に、慌てた様子でドアから出ていってしまったのであった。

第三章　もふちゃんに吐露する思い

私は急いで家の鍵を探す。ドアを閉めていこうと思ったのだけれど、見当たらないで焦ったが、カバンの中を全部ひっくり返すとやっと出てきた。

それを持って後を追う。

「オスカー様⁉　……あれ？　え？　もう、いない」

すでにそこにオスカー様の姿はなく、薄暗い渡り廊下が続くのみ。

シンと静まり返った周囲から、人の気配はしない。

「早い……もしかして庭を突っ切っていったのかしら」

そう思い、庭の方へと視線を向けると、茂みが微かに揺れたのに気がついた。

「え？」

そこから白銀色の美しいしっぽがゆらゆらと揺れているのが見え隠れして、私は驚きながらも植え込み中を覗き込むと、なんと、夢で出会ったもふちゃんがいた。

「え？　も、もふちゃん？」

「んなぁ」

また会えるなんて思ってもみなかった。

私はもふちゃんを抱き上げるとぎゅっと抱きしめた。

「あったかい。もふちゃんだぁ。夢じゃなかったんだぁ。嬉しい。おっと、今はそれどころじゃなかった」

私はもふちゃんを部屋の中に入れると言った。

「オスカー様のことを確認してくるから、少し待っていてね」

「なぉ！　にゃ！　なぉ――ん！」

「え？　どうしたの？　あぁ。寂しいのね。ごめんね、すぐ、すぐ帰ってくるから！」

私はそう告げて、戸締まりすると急いで廊下を走っていく。

この時間になると人とすれ違うことはほとんどない。

私は王家専用の居住区の入り口に立つ門番へと声をかけた。

「すみません。本日第二王子殿下と共にお仕事をさせていただいておりました、メリル・メイフィールドと申します。第二王子殿下はもう帰ってこられたでしょうか」

無事でいてくれればいいがと思ったのだけれど、門番は首を横に振った。

「いや、まだお戻りにならない」

「え？　分、かりました。ありがとうございます！」

私はもしや騎士団の方へと向かったのだろうかと思い、そちらに行こうとして、足を止めた。

オスカー様があれだけ急いで、冷や汗をかきながら帰ったのだから、もしかしたら私には知られたくない事情があるのかもしれない。

せめて心の中で、病気ではありませんようにと祈る。

結局私は不安な気持ちのまま、とぼとぼとした足取りで部屋へと帰った。

「なぉーん」

白虎のような見た目だけれど、可愛らしい鳴き声のもふちゃんに、私はぎゅっと抱きつくと、大きく息を吸った。

「なぉ……」

もふちゃんは動きを止め、私はもふちゃんの匂いを全力で吸い込んだ。

「す――――――はぁぁぁぁぁ」

明日になればきっとオスカー様の無事が分かるはずだ。私はそう自分に言い聞かせる。

「はぁぁぁ。オスカー様、大丈夫かしら」

「なぉ」

一回一回しっかりと相槌を打ってくれるもふちゃんの賢さに、私は感動する。こんなに可愛らしく賢いもふもふがいるとは瞳を輝かせる。

「賢い！　もふちゃん、賢い！」

「な……ぉ」

顔をなんだか嫌そうに歪める姿も可愛らしい。会話が成立しているような気がして不思議なもふちゃんだからなのかなぁと思いつつ、顔を上げると窓越しに庭の先を見つめた。

「オスカー様……はぁ、心配。早く寝て、朝一で確認をしにいこう」

「なぉ」

私は鍵をしっかりかけたのを確かめ、それからもふちゃんの寝床を整えていく。

「お腹はすいていない？」

「なぉ」

「もふもふしていい？」

「な……ぐるる」

本当に威嚇しているわけではなく、わざとらしくぐるるという姿に、私は笑ってしまう。

「かーわーいーい！　はぁぁ！」

私はもふちゃんを抱きしめると頭を撫で回し、キスを降らせる。

「なぁ！　にゃ！　なぁぁあ！」

可愛すぎる。キスされるのが嫌なのかもがくけれど、決して爪でひっかいてこず、体をよじったり肉球でふみふみとして私をどうにかどけようとする。

「はぁぁぁ。可愛い。癒やされる」

「にゃぁぁ」

しばらくすると私をどけるのは無理だと悟ったのか、全身の力を抜くもふちゃん。

やりすぎたかなと、私はもふちゃんの前で正座をして謝罪する。

「やりすぎました。ご機嫌直していただけないでしょうか」

「なぉ……」

可愛い。

私は言葉を本当にやり取りしているようなもふちゃんが、可愛くて可愛くて、またもふもふとしたい衝動を必死で抑えたのであった。

「さて、もふちゃん。私はお風呂入るから大人しくしててね」

「なっ……ぉ」

「あ、もふちゃんも一緒に入ろうか？」

せっかくだからもふちゃんがもっともふもふになるように綺麗に洗おうと私はもふちゃんを抱き上げかけたのだけれど、今までにないほど俊敏にもふちゃんは逃げる。

「え？　お風呂嫌い？　でも、もっとふわっふわになれるよ？」

きっと抱きしめたらそれはそれは幸せな気持ちになるであろうくらいに。

そう思ったのだけれど、もふちゃんは軽やかに私から逃げると、棚の上の方で座ってしまった。

これは絶対に嫌だという意思表示なのだろう。

私は、すごく汚れているわけではないし、嫌がっているのに無理強いするのはよくないなと思い諦めることにした。

「分かったよ。もふちゃん。じゃあ一人で行ってくるね」

「みゃぉん」

残念だなぁと思いながら私は出来るだけ早く入浴をすませた。

お風呂から上がるとだいぶさっぱりとした気持ちになる。

魔法具を使って髪の毛を乾かしつつ、部屋へと戻ると、もふちゃんはお行儀よく寝床の上に丸まっており、大変可愛らしい。

「もーふちゃん」

私はもふちゃんを抱き上げて、膝の上にのせたのだけれど、もふちゃんはとたんにピンっと耳としっぽを伸ばして逃げた。

「みゃぉぉぉぉ！」

どうしたのだろうか。

お風呂上がりは暑いので短いナイトドレスで過ごす。このナイトドレスは薄くて軽くて涼しいからお気に入りだ。

そして、ここには誰もいないので髪の毛を下ろしていても眼鏡をかけなくてもいいということも、解放感があっていい。

髪の毛を櫛で梳かしながら化粧台の前に行くと、自分の姿を見てため息をつく。

「はぁ……」

もふちゃんも鏡の前へやってくると、少し驚いたように私の瞳を覗き込んだ。

「あれ。もふちゃんも、もしかして気になる？　眼鏡で隠していたものね……」

「みゃ……」

私は笑うと、自分の目を見つめながらため息をついた。

「なんで私の髪や目はこんな色なんだろう……こんなんだから、メイフィールド家の出来損ないなんて言われる……いや、それ以前の問題か」

もふちゃんが心配そうに私のことを見ているので、私はもう逃げないのかなと思って抱き上げると、膝へのせた。

もふちゃんは少し体を強張らせたけれど、その背を優しく撫でながら呟く。

「メイフィールド家は、金髪碧眼が当たり前なの……でも私は黒髪に魔物みたいな赤い瞳。生まれつきこんな見た目だから、お父様にお母様は不義を疑われ、お母様にはお前のせいだと責められた……お兄様やお姉様からは、汚らわしい化け物っていじめられてたの」

「っ……」

私は、もふちゃんに話しかけながら、小さくため息をついた。

「そんな私の周りには誰もいなくてね……私、よく図書室で独りで本を読んでいたの。そこで出会ったのが、魔法陣の本。美しい円、繊細な文様。一つ一つに意味があって夢中になったのだけれどね……もう一つ私には不幸があった。魔法陣をね、私、発動出来るだけの魔力を持っていたの……幼かったから、それがおかしなことだって分からなかった」

不安を吐露するように、自分を落ち着かせるように私はもふちゃんに打ち明けていた。

「お母様に見つかってね、頬を何度も叩かれて、それで、絶対に誰にも言ってはダメだって。赤目で魔力まであったら、魔物そのものじゃないかって……だから、ずっと秘密にしていたの。大人になって、それが悪いことではないのは、知ってはいるんだけど……だけど……」

体が震え始め、怖くてたまらなくなる。

「どうしよう……魔力を、使ってしまった。使ってしまった」

涙がぽたりぽたりと落ちて、あの日、お母様に化け物と呼ばれ折檻されたことが思い浮かぶ。

今では魔力を持っていることが知られたとしても、社会的に見れば誉れであり、むしろ歓迎されるということは、頭では理解している。

魔力そのものについても学び、忌避の対象ではないのだとも分かってはいる。

ではなぜ怖いのか。

自分の心の中に、憎々しげに私を睨みつける母の姿が焼きついているからだ。

一瞬で無力な子どもに引き戻されてしまう。

まだ、私はあの頃の記憶に囚われたままなのだ。

「どうしよう……どうしよう。平静を保って、何ごともないようにしていたけれど、怖い」

「みゃ！」

「え？」

私のことをぎゅっと抱きしめるように、もふちゃんが手を伸ばしてきた。

驚きながらも私はもふちゃんをぎゅっと抱きしめ返す。

「ありがとう……私、私……これからどうなるんだろう」

人から嫌われるということが怖い。

私は小さくため息をついてから、もふちゃんを抱く腕に力を入れる。

「オスカー様に、嫌われたくないな」

「みゃっ⁉」

「え？　もふちゃん？」

もふちゃんは私の顔が見えるように体を引くと鳴き始めた。

「みゃ、なぉ、みゃむぁ、みゃみゃみゃみゃ」

「励ましてくれているの？　優しい子だねぇ。うん……オスカー様、すごく素敵な人だから、嫌われたくないの」

「みゃ⁉　みゃ、みゃぁぁぁ」

「ふふふ。だってね、女性が働いているのにも偏見がなくて、こんな……頭もぼさぼさだし、見た目も可愛くないのに……私を嫌がることもないなんて、懐が深すぎるでしょう？」

「みゃ……なぁん……」

「え？　その顔は、え？　うーん。分からないけれど、もふちゃんって表情豊かねぇ」

　そのあとなんともいえない声でもふちゃんが鳴くものだから、つられて私は笑ってしまう。

　綺麗に片づいた部屋の中、先ほどまではオスカー様と一緒だったのになぁと思う。

「今度花瓶買おうかな……オスカー様と一緒に、また、ご飯食べられたら、運よく食べられたら、机の上にお花飾ってたら、もっと素敵かなぁ」

　室内が寂しく感じられて、私はふと思いついたことを呟く。

「みゃぁ」

「ふふふ。いいアイデアって思ってくれてる？」

　やっぱり人の言葉を理解しているみたいで、本当だったらいいのにと私は独り言ちた。

深夜二時頃、いつの間にかもふちゃんを抱きしめたまま眠っていたらしく、魔法具の音で目を覚ました。

この魔法具は職場からのコールであり、最初は緊急用だと言って渡されたのだけれど、今では急ぎの仕事や欠勤などで人手が足りない時によく鳴る。

まさか深夜に呼び出しかと、私はがっかりとしながら起き上がる。もふちゃんもハッとした様子で飛び起きて、あたりを見回してから、こっちを向いた。

「もふちゃん、ごめんね。職場から緊急の呼び出しだから行ってくるね」

「みゃ？　みゃみゃみゃみゃんみゃ？」

驚いた様子のもふちゃんは私の足元をとてとてと歩き回るけれど、私は支度をすませる。外に出ようとしたところで、ドア前にもふちゃんが鎮座した。

「もーふちゃん。行ってはしくないの？」

「みゃみゃみゃみゃぐるにゃ」

「え？　何それ。すごく可愛い」

私はどうしようかなと迷って、思いつくと、大きめのカバンを持ってきて口を広げた。

「もふちゃんも一緒に行く？　こっそり」

「みゃ……みゃん」

なんともいえない表情を浮かべたのち、もふちゃんはカバンの中にすっぽりと入り込み、私はそれを抱えると職場へと向かって歩き出した。

ずっしりとした重みを感じながら、もふちゃんを膝にのせて仕事が出来ると想像すると、幸せすぎて顔がにやけそうになる。

部屋には明かりがついており、ロドリゴ様の姿があった。どうやらロドリゴ様も叩き起こされたようで、大きなあくびをしながら、私の机の上に資料を積んだ。

「なんでも、急ぎらしい」

「そうなのですか……」

「ああ。今日お前が使った魔法陣だが、王城にも資料として提出しろと言われている。魔法陣を添付した報告書を作成しろ」

「え……今ですか？」

「そうだ。早急にということだ」

「……分かりました」

明らかにロドリゴ様よりも私に振られた仕事の量が多い気がする。その上こちらは報告書もか。

仕方がないかと、私はもふちゃんの入っているカバンを膝の上にのせて、作業を始めた。カバンの口を開けているので下を向けばもふちゃんを見られる幸せ。もふちゃんは眉間にしわを寄せている。

魔法陣射影師の仕事ではないものもまざっているなと思いながら、先に報告書を仕上げて、魔法陣を最後に添付し完成させるとロドリゴ様へ提出した。

「出来ました」

「おう。ご苦労だった。他の仕事も緊急性が高いらしくてな、俺はこれを魔法使い殿に届けてくる。お前も終わり次第関係部署へと回していけ。日中さぼったんだからこのくらいやらないとな」

「え？ 魔法使い様……もしかして王国筆頭魔法使いのアルデヒド様にですか？」

「ああ、早急に持ってきてくれと頼まれているんだ」

まさかロドリゴ様が雲の上の人であるアルデヒド様と関わることがあるなんてと内心驚いてしまう。

そしてさらにびっくりしたのは、ロドリゴ様がカバンに筆記用具などの私物をまとめて部屋を出ていったことである。

私は唖然としながら、小さくため息をついた。

急を要する仕事なのは仕方がないのだろう。だけれど、自分はここに残されて働いて、ロドリゴ様は書類を届けたら家へ直帰する。

私は魔法陣射影師として騎士団に協力したつもりなのだけれど、ロドリゴ様にとってはさぼりになるらしい。

もふちゃんは飛び出ると、怒ったようにがるるるるとうなり声をあげた。

「どうしたのもふちゃん？」

「がるる！」

「怒っているの？」

「みゃんみゃ、みゃみゃーみゃ！」

「え、かばんに入ってたの嫌だった？　怒っている姿も可愛い。ごめんね」

「みゃ……みゃぁ」

何を言っているのかは分からないけれど、もふちゃんが私のことを心配してくれているのは伝わってきた。

心が癒やされる。

けれどおそらくもふちゃんには飼い主がいるだろう。早くおうちを見つけて返してあげなければならない。

「ちゃんと飼い主さんのところに戻れるからね」

「……みゃ」

返したくないなと思うけれど、きっと飼い主さんも必死で捜しているだろうから。

もふちゃんの頭を撫でながらひと時の癒やしを楽しんだ。

私はそれから着々と仕事をこなしていく。はっきり言って、すでに四時間くらいは眠っているのでいつもより進みが早い。

やはり睡眠不足だと作業効率が悪くなるから、出来ることならば毎日九時間眠りたいな、なんてことを考える。

一段落したところで私は体をほぐすように大きく背伸びをすると、椅子から立ち上がった。

「もふちゃん、かばんに入ってくれる？」

そう呼びかけると、もふちゃんは少し迷ったようなそぶりを見せたあとに、小さくため息をついてカバンの中へと潜り込んだ。

なんだか本当によく言葉を理解している気がする。

私はカバンを肩にかけ、書類を小脇に挟み廊下に出た。

各部署それぞれ夜勤の職員が詰めており、私は担当ごとに必要な書類を確認しながら手渡していく。

中継ぎの連携は業務全般の進行に影響するので、仕事は早く上げたら速やかに次の部署に回さなければ。

私はノルマを終えると、あくびを噛み殺して宿舎へと帰った。

あと三時間は眠れそうだ。時計を見て頭から倒れるようにベッドへ寝転ぶ。

「あぁー……疲れた」

「みゃ～」

私を気遣うような視線に、私はもふちゃんをぎゅっとベッドの上で抱きしめる。

「もふちゃんが私の家族になってくれたらいいのに」

その言葉に、もふちゃんの体が強張った。嫌だったかなぁと遠慮がちに、その頭を撫でる。

「おやすみ。もふちゃん」

「なぉーん」

もふちゃんとずっと一緒にいたいなと思いながら、私は夢の世界へと落ちていったのであった。


メリルが眠ったあと、人間へと姿が戻ったオスカーは、その寝顔を見つめながら小さく息をつくと立ち上がった。

先と同様に部屋をさっと出て魔法具で鍵をかけると、王族居住区へと向かって歩き出す。

自室へと帰り着いたオスカーは念のために兄に無事を伝えるように侍従へ指示した。

心配しているといけないと思ったのだけれど、すでに自分がメリルのところにいるのを把握していたとの返信が来てこそばゆい気持ちになる。

オスカーは、大きくため息をつくと、ソファに座り、天井を見つめた。

まだ出会ったばかりだというのに、メリルの様々な一面に触れ、そして話を聞き、もっと知りたいと思う自分がいた。

心臓がトクトクと音を立てており、胸に手を当てればいつもよりも速い。

初めて抱く感情に、運命の相手が分かるというおとぎ話を思い出す。

「運命など本当にあるのだろうか……だが、女性に対してこんな気持ちになるのは初めてだな……」

メリルのそばは心地がよく、とても楽しく、もっと一緒にいたいと思う。

だけれどそれと同時に、偽りの姿でメリルの話を聞いてしまったという罪悪感があった。

自分が獣の姿でなければ、彼女はあんなにも素直に心情の吐露はしなかっただろう。

ここまで考えた時、獣ではなく人間の自分に打ち明けてほしいと思っていることに、オスカーは気づく。

「なんだこの感情は……」

胸に手を当てながら、オスカーは戸惑い、ふと気づく。

「俺はまさか、獣の自分に嫉妬しているのか？」

そう分かった瞬間、感情が爆発するような感覚を覚えた。

ボフン。

「え？」

オスカーは嫌な予感がして鏡の前へと急いで向かうと驚愕した。

「嘘だろう……なんだよこれ……」

人間姿の自分にふわふわの白い耳としっぽが生えている。

思わず、一歩後ずさった瞬間、それはぱっと消え失せる。

「え……夢、じゃ、ないな……」

起きたことが信じられず呆然とするが、結局のところ悩んだところで解決策も対応策も思い浮かばず、ふて寝するように、オスカーはベッドへと向かったのであった。

二時間程度の仮眠ののち、オスカーは起床すると朝の鍛錬へと臨む。

体を動かすことで頭をすっきりさせることが出来る。

全身しっかりとほぐしながら訓練を一通り終えると部屋へと一旦戻り、入浴してから騎士の制服に着替え兄の元へ向かった。

結局のところ、昨日の現象はあの一回だけだったのだけれど、今後何がどうなるか分からない。

獣への変身を、自由自在に出来るよう訓練しなければならない。なるべく早く。

兄であるルードヴィッヒにはすでに会いにいく旨を言伝けているので、少しくらいなら話す時間があるだろう。

ちょうど朝の支度を終え、くつろいでいたルードヴィッヒの私室に許可を取り入った。

ルードヴィッヒは侍従と侍女に下がるように命じる。

部屋に残ったのは二人だけであり、オスカーは挨拶をすませると単刀直入に自分の体の異変について報告する。

するとルードヴィッヒは噴き出すや、ひとしきり爆笑して楽しそうに言った。

「あはははは！　いや、すまん。だが、お前の頭に猫耳は……っく。すまん、どうしても、ははははは！」

上機嫌な兄の姿にオスカーはむっとすると、腕を組んで眉を寄せる。

その姿を見て、ルードヴィッヒはどうにか笑いを引っ込めると、コホンと咳払いをしてから言った。

「そうむくれるな。だがそれは困ったな……初めてのことか。どうしてなのだ？」

「分からないんだ」

「では、そうなった時、何を考えていた？」

「え？　えっと……たしか、メリル嬢のこと……だったような……」

その答えにルードヴィッヒは少し驚いたように目を丸くすると、口元に手を当ててにやりと笑う。

「お前が女性のことを考える日がやっと来たか……やはり、運命の相手を見つけたのではないか？　女性に対してこんなに興味を抱く姿を始めて見たぞ」

「運命の……相手か」

ルードヴィッヒは、本棚から何冊か本を取ってくると、それをオスカーへと手渡す。

「私も調べたところ、やはりそうした事実があったようだ。獣に変身出来た歴代の王族には特別な力があったようで、運命の相手を見つけ、結婚した者が多いとか」

「……結婚」

「メリル嬢であれば、爵位も釣り合っている。問題はないぞ」

「は？　え？　あ、いやいやいや。まだ早い！　兄上、からかわないでくれ」

「今まではやれ剣だ、やれ盾だ、訓練、訓練、訓練……私はある意味お前が心配だったんだが、どうやら春が来たようだな」

「な⁉　兄上そんなこと考えていたのか？　い、いや、まだ違うぞ。言っておくが、メリル嬢とはまだ出会ったばかりで」

「恋に時間は関係ない。それに何より運命の相手だろう」

「だ、だが、その、まだ二人で出かけたことだってない」

「まだ」

「あ……」

オスカーは自身の顔を両手で覆うと、大きく、そしてゆっくりと息を吐く。

何故自分がこんなにも動揺しているのか分からないというオスカーの様子に、ルードヴィッヒは驚く。

弟のそんな姿を見たことがなく、眉を寄せた。

「なるほど……運命の相手が、初恋か」

「っ⁉ ……分からない。今までだって他の令嬢と関わることはあったが、これほど相手が気になることなどなかったんだ」

呟くようにそう言うと、オスカーは小さく息を吐いて宙を見上げた。

「兄上が王位を継いだ時、俺は結婚しなくてもいいと思った。俺が結婚をすればいらぬ諍いの原因にもなるだろうし、そもそも異性への興味が俺にはなかったからな」

「私はオスカーの子どもを愛でるのが夢なので結婚してほしいがな」

「……自分の子を愛でてろよ……」

悩むオスカーの姿に、ルードヴィッヒは言った。

「今回の魔法信者の件はまだ解決していない。なのでメリル嬢とのつながりもある。せっかくだからこの機会を通して仲を深めてみろ。その上で自分の感情と向き合い、どうすればいいか決めればいいさ」

その言葉にうなずくと、オスカーはため息をついてから姿勢を正しルードヴィッヒへと視線を向けた。

「話は変わるが、王城の仕事について訊きたいことがあるんだ」

「どうした」

「メリル嬢が昨日の夜中に突然職場に呼び出されてな、それで仕事をしに向かったんだ。あの様子だと、今回が初めてではないみたいだが、王城の事務方ではそういうことが普通なのか？　騎士団だと日勤、夜勤と分かれているが」

「武官も文官も同じはずだが、魔法陣射影師は彼女だけだからな……ふむ、少し気にかけるように伝えておこう」

それからオスカーは昨日の爆発事件についても報告をする。

しかし、メリルが魔法陣を使ったことについては、彼女の魔力に言及が必要になってしまうため伏せることにした。

どうしてもこの件は一度メリルと話をしてから、改めてルードヴィッヒに伝えたいと思ったのであった。

退出する前、ルードヴィッヒは言った。

「仕事も大事だが、獣人化についてもある程度制御する練習をするように。メリル嬢と交流する時間を持ち、耳としっぽが何故生えたのかについても検証しておけよ」

ルードヴィッヒはメリルとの接触による心境の変化が影響をもたらしていると考えているようで、そう助言をされたのだけれど、オスカーは一礼して辞してから小さくため息を漏らした。

「交流……か」

どうすればいいのか、オスカーは頭を掻きながらまたため息をついたのであった。

魔法陣の爆発事件について、私が捜査に協力していることがどこからかメイフィールド家に伝わったのであろう。

翌日、背の高いスラリとした金髪碧眼のお兄様が、王城の魔法研究部にやってきた。

朝起きた時にもふちゃんの姿がなく落ち込んでいた私は、お兄様の登場にさらにどんよりしてしまう。

お兄様は公爵家を継ぐためにお父様からの指導を受けていて、わざわざ私に会いにくるような暇はないはず。訝しみながら、自分の席から立ち上がり、お兄様を迎えた。

「久しいなメリル」

「お兄様、どうなさったのですか？」

結婚もし、間もなく当主となるお兄様が、一体なんの用事であろうか。

お兄様は難しい表情で言った。

「……怪我をしたと聞いたぞ。皆、心配している」

その言葉に、私は首を傾げた。

「皆？　ただのかすり傷ですし……何を突然？　私のことを気にかける必要はないかと思いますが……？」

どういう風の吹き回しだろうかと思っていると、お兄様はため息をついてから私のことを真っすぐに見つめて言った。

「……もう家に帰ってきて、どこかへ嫁いだらどうだ」

決まり文句に、私はやはりと落胆してうつむいた。

お兄様は私の肩に手を置くと続ける。

「幼い頃のことは……すまなかった。私も子どもだった。今はもうお前のことを化け物だなんて思ってなどいない」

心の中が抉られるような感覚を覚えながら、私は唇を噛む。

まるで終わったことのようだなと思った。

お兄様にとっては、こんな場所で簡単に謝ればすむ程度の些事だったのだ。

ぷすぷすと音を立てて胸にくすぶっていた何かが、今度は冷水を浴びてぐにゃりと歪むような、あるいはお腹の中をぐちゃぐちゃに掻き混ぜられるような不快さに、吐き気すらする。

「メリル、いい加減意地を張るのはやめろ」

　お兄様はそんな風に思っているのか。

　肩を摑む手に、わずかに力が入るのを感じた。

　その時――。

「何をしている」

　低く響く声が聞こえ顔を上げると、こちらに向かってオスカー様が険しい顔でつかつかと歩み寄ってくる。

　すかさず私とお兄様との間に割って入り、私を庇うように立つと尋ねる。

「何か、あったのか？」

　私に声をかけるオスカー様に、お兄様は頭を下げると言った。

「王子殿下にご挨拶申し上げます。私はメイフィールド家のビクターと申します。妹が怪我をしたとの報を聞き、心配して駆けつけました」

　オスカー様はその言葉に姿勢を正すと言葉を返す。

「そうか。メリル嬢の兄上か。今回、メリル嬢に怪我をさせてしまった責任の一端は私にもある。申し訳なかった。ビクター殿にも心配をかけた」

「いえ。大したことがないと知り、安心したところです。久しぶりに王城で働く妹にも会えてよかった」

その言葉に、オスカー様は小首を傾げた。

「ビクター殿。失礼だが、和やかな雰囲気ではなかったが？」

お兄様は苦笑を浮かべたあと静かに答える。

「久しぶりだったのでそう見えただけでしょう。なあメリル」

私はびくりと肩を震わせた。どうしても返事をすることが出来ずにいると、お兄様がため息をわざとらしくつく。

「……我が家は色々とありましてね……なので、出来ればメリルとは早く和解をしたいと思っているのですが、なかなかにこいつも頑固というか意地を張っているというか……まあそういうわけなので、お気遣いは無用です」

お兄様にとってはつまらないことなのだなと思いながらうつむいていると、オスカー様が口を開いた。

「ふむ。家族のことにしゃしゃり出るのは失礼かと思うが、メリル嬢が怯えているように見えたのだが……」

その言葉に、お兄様の頬が少し不愉快そうに引き攣る。

ただしすぐに笑みを繕った。

「そんなことはありません。なあ、メリル」

同意しろと強要されているかのような圧力を感じて、私は思わず助けを求めるように
オスカー様の服を掴んでしまった。

(しまった……!)

王族に失礼を、と慌てて手を引こうとすると、オスカー様の指が重なる。

「メリル嬢？　どうかしたのか？」

温かくて大きな手にドキリとしながらも、私はゆっくりと自分のそれを離し、首を横に
振った。

「す、すみません……大丈夫です」

オスカー様は、静かに言った。

「大丈夫、か？」

大丈夫かと問われれば、大丈夫ではない。

お兄様の言葉に言い返したいけれど出来なくて、そんな自分がみじめになってくる。

ずっとそうだった。家族に対してずっと何も言えずに、うじうじして。

そんな自分が大嫌いだった。

情けない。そう思いぐっと拳を握りしめていると、そんな私の手をオスカー様はもう一
度取り、小さな声で言った。

「……今、君がどんな気持ちなのかは分からないが、言いたいことがあるならば、我慢する必要はない。こうやって耐えることはないんだ」

顔を上げた私に、オスカー様が優しく微笑む。

「私は、少し外していよう」

オスカー様はお兄様へと視線を向けた。

「家族の話に口を出してすまなかった」

謝罪してオスカー様は離れたところへと移動し、そんなオスカー様に何やらロドリゴ様がすり寄っていく。

私は、少し勇気をもらったような気がした。

「……お兄様」

真っすぐにお兄様を見上げる。

「私、意地になっているわけじゃ……ないんです」

お兄様と、私は久しぶりに相対した。

「……お兄様は、私がお父様には無視され、お母様には叩かれたことを知っておられますか？　私は生まれてからずっと、一度も、メイフィールド家の娘として両親と兄姉に認められたことは……ありません」

震えそうになるのをぐっと我慢しながら、私は言葉を続けた。

「私に帰ってこいというのは、嫁げという意味で……体よく厄介払いしたいだけでしょう。意地になるな？　違います。怖いんです……拒絶されるのが。ずっと、ずっとずっと、化け物の烙印を押された記憶が胸の中にこびりついているんです。忘れられないんです。お兄様は忘れても、私は昨日のことのようにお兄様の冷たい瞳を覚えています」

重なっていた視線を、お兄様はそらす。

「昔のことじゃないか」

「……そうですね」

「昔のことだろう。もういいじゃないか。水に流せよ。なんでそれが出来ないんだ」

お兄様にとっては過去のことでも、私にとってはそうではない。

だからこそ、勇気を振り絞ったのだ。

「お兄様にとっては簡単に水に流せる出来事なのでしょう。ですが……私には無理なんです。……申し訳ありません。私には難しいことなので、それをお兄様が嫌だと思うのであれば、私のことは、もういないものと思って忘れてください」

「メリル。貴族の娘として生まれた以上、どこかへ嫁いだほうが幸せになれる！」

お兄様の言葉に、私は首を横に振った。

「王城で働き、給与をもらい、地に足をつけて生きています。貴族の娘としての責任を果たせていないことに関しては、申し訳ありませんが……どうしてもどこかと縁談を結ばないといけないほど、メイフィールド家は落ちぶれてはいないでしょう？　ならば放っておいてもらうことは、出来ないでしょうか」

自分でもわがままなことを言っているのは分かる。

貴族の一員としての役目は果たせていないのは確かだ。

だけれども、お兄様お姉様のように公爵家の子女として何不自由なく大切に育てられてきたわけではない。

いないものとして扱われて、別館でただ生かされていた。

衣食住に困ったわけではない。だから感謝はしている。

だけれども……。

私の言葉に、お兄様は驚いているかのように目を丸くし、それから静かに言った。

「女は……妻となり子を生して一人前だろう？　仕事なんてしてどうする。女の幸せを捨てるというのか？」

ぐっと、胸が苦しくなりながら、私はお兄様に告げた。

「お母様は……幸せそうですか？」

私の一言に、お兄様が押し黙る。

「……立ち話でする、内容ではなかったな……」

それから、静かに息をついた。

「……とにかく、大きな怪我でなくてよかった。邪魔(じゃま)してすまなかったな。では……失礼する」

そう言い残すとお兄様は私に背を向けた。

後ろ姿を見送りながら、小さく息を吐く。

お兄様が立ち去ったのち、ロドリゴ様を振り切りオスカー様がこちらへと来る。

「大丈夫か？」

私は顔を上げ、それから、小さくうなずく。

「はい……ありがとうございます」

「……もう一度聞くが……大丈夫か？」

気遣(きづか)わしげなその視線に、私は苦笑を浮かべてうなずいた。

「見苦しいところをお目にかけてしまい、申し訳ありません……」

「……それはいい。こちらも、勝手に話に入ってしまい悪かった」

「いえ……あの、オスカー様。変なことを尋ねてもいいですか？」

「なんだ？」

「私は、仕事など辞めたほうがいいのでしょうか……」

こんなことを聞かれてオスカー様も困るかなと思いながらも、心の中のもやもやが晴れない。

そんな私に、オスカー様は真面目な声で言った。

「メリル嬢は、優秀な魔法陣射影師だ。貴族として王国に貢献する仕事をしている。それは胸を張るべきだ。……家庭のことには今回私は割り込めなかったが、もしメリル嬢が望むならば間に入って仲裁してもかまわない」

その言葉に驚き、私は口を開く。

「オスカー様は、家に帰るべきとは……思わないのですか？」

「それぞれの家庭の事情があるだろう。一概にそうだとは考えない」

オスカー様は少しばかり間を置くと、私のことをじっと見つめて言った。

「……もし、無理やり連れ戻されそうになった時には、私が口添えをしよう」

「どうして……？」

「どうして？　メリル嬢。繰り返すが君は優秀だ。もっと胸を張れ。自信を持っていい。君は素晴らしい能力を持っている立派な女性だ」

そんなこと、人から初めて言われた。

私は、どうしようもなく泣きたくなる。

それをぐっと堪えてうつむき、私は小さな声で言葉を返す。

「ありがとうございます……もしもの時には、お願いしてもいいですか？」

オスカー様はにっと笑ってはっきりとうなずく。

「もちろんだ。いつでも頼(たよ)ってくれ」

そんなオスカー様の言葉に、心が救われたような気がした。

嬉しくて、オスカー様に笑みを向けると、何故かオスカー様は慌てた様子で頭を押さえる。

「オスカー様？　どうかなさったのですか？」

「な、なんでもないんだ」

尋ねると、オスカー様は首を横に振り、両手を頭に置いたまま答えた。

しばらく固まっていたオスカー様だったけれど、少しすると両手を下げて、それからほっとした様子で言った。

「か、髪に寝ぐせがついていたのを思い出してな。ちょっと押さえていただけなのだ」

オスカー様でもそうしたことを気にするのだなと、笑ってしまう。

知れば知るほど、オスカー様に親しみを持つことが出来るなと私はほっこりしたのであった。

第四章  眩しい人

　魔法陣爆発事件から数日、私はオスカー様と共に調査を進めていた。

　それに伴い、魔法使いであるアルデヒド様にお会いする機会を得た。

　アルデヒド様は藍色の髪と瞳を持った美しい魔法使いである。お若く見えるけれど、長きに渡り筆頭魔法使いの任を務められていることから、かなりの齢を重ねておいでだろう。

　魔法使いの正装姿は厳かで気品があり、目の前に立つと緊張してしまう。

　私は今回の事件について説明をしていったのだけれど、とても興味深そうに耳を傾けてくれた。

「現在魔法陣は魔法使いが複数で魔力を注がなければ発動しない。私であれば魔法陣を一人で動かすことも可能ですが、私に並ぶ魔力を持つ者は、今、魔法使いにはいません」

　アルデヒド様は私の方を見て微笑む。

「魔法陣射影師もいいですが、魔法使いもよい職ですよ？　メリル嬢。貴女ならば、きっと素晴らしい魔法使いになれるかと思います」

　アルデヒド様は私が魔力を持っていることにすぐに気づいたようだ。

だけれど、あれこれ詮索することはなく、優しい微笑みでそう言われた。

不思議な雰囲気の方だった。

そしてアルデヒド様が私の魔力に気づいたように、私もアルデヒド様に流れている魔力に気がついた。

大量の魔力とはこのように体にまとわれているものなのだなと、自分以外の人を見て初めて知った。

「……ありがとうございます。ですが、魔法陣射影師の仕事が好きなんです」

「そうですか。ふふふ。貴女ならば、いつでも歓迎しますから、気長にお待ちしておりますね」

笑顔でそう言われ、私も曖昧に笑って返したのであった。

現在私は魔法陣の解析を始めており、オスカー様とは連係しながら頻繁に情報共有を行っている。

事件当日起きたことについても、爆発の機序にいくつかの仮説を立てた。

そして解析と実験とを安全面に配慮しながら繰り返すが、明確な答えが見えない。

何人か魔法陣に入り、入った者の体から必要な魔力を吸い上げるという仕組みも考えたけれど、だったら私が気づいたはずだ。

あの時、そうした感覚はなかった。

「一体、どうやって魔法陣は発動したのか……」

無から有は生まれない。

起動させる魔力がなければ魔法陣は発動しない。

当たり前のことである。そして大量の魔力を消費するという難点があるからこそ、あまりにも効率が悪いと魔法陣は廃れていったのだ。

私は、椅子の背もたれにぐっと体重をかけると大きく背伸びをした。

「っく……はぁぁぁ。あー。だめだ。行き詰まったぁ」

どうしたものかと、私は息をつく。

答えが見えない。そこで、背後にロドリゴ様が立っていたことに気がつき、私は背筋を正す。

「魔法陣を確認しているのか」

「はい……何故魔法陣が発動したのかが分からなくて」

いつもはこうした質問はしないのに珍しいと思っていると、少しむっとした様子でロドリゴ様は口を開いた。

「最近は第二王子殿下と親しくしているようだが、公私を混同するなよ」

「え？」

ロドリゴ様は嫌な感じの薄ら笑いを浮かべると、声を潜めて言った。

「お前なんかが、相手にされるわけじゃないんだから、弁えておけってことだ」

「は……」

何を分かりきったことを言っているのであろうか。

ロドリゴ様の言葉に驚いていると、ロドリゴ様はにやにやしながら言葉を続けた。

「調査にかこつけて、お近づきになりたいんだろうが、相手を考えろ。お前に相応しい相手を探すほうがいい」

そう言われ私は真顔で言葉を返した。

「あの、オスカー様が素敵な方なのは公然たる事実であり、私が相手にされないのも当たり前なので、大丈夫です」

「あ、いや、そういうことを言いたいんじゃなくて……お前にはお前に相応しい相手を」

「はい。分かりました。でも今は魔法陣の解析が先なので」

ロドリゴ様は私の言葉に苛立たしげに声をあげた。

「そうだな！　お前の仕事だもんな！　言っておくがそれだけが業務じゃないからな！　こっちにだってまだまだあるんだ」

しまったと思った。おそらくロドリゴ様の機嫌を損ねた。私がまたかと思っていると、いつものように書類の山を机にのせてくる。

「っふ。お前がいくら頑張っても魔法陣の解析など出来るわけがないさ」

とげのある言葉に、私でなければ一体誰なら可能なのだと思いながら、そこで手を止めた。

「私がいくら見ても、解析が出来るわけがない……」

机の上に並べられた魔法陣を見つめながら、私はハッとして立ち上がった。

「すみません。一度席を外します。残りの仕事は帰ってきてからします」

そう断ると私はロドリゴ様が文句を言い始める前に部屋から飛び出した。

この魔法陣を見た時、違和感を覚えた。それは私が知っているどの魔法陣とも異なるものが組み込まれているからであった。

魔法陣には規則正しい法則があり、形式や文様にも意味がある。

一つ一つが独立しているように見えてすべてがつながっている。

私は魔法陣射影師だからこそ、その先入観に囚われていた。

私は騎士団へと向かい、オスカー様に会うためにその門をくぐったのだけれど、身長の高い筋骨隆々な男性ばかりの騎士団に一歩足を踏み入れて固まった。

ここに私のような者が一人で来ていいわけがない。

そう思ったのだけれど、横を日傘を差しかけた侍女を従えたどこかの令嬢達が通り過ぎていく。

「ふふふ。もうすぐ騎士様方の試合が始まりますわぁ」

「わくわくしますわね。ふふふ。どなたかとよいご縁があるといいのだけれど」

そんな声が聞こえて私が振り返ると、他にも同じような一行がいる。後をついていくと騎士団の訓練場へとたどり着いた。

どうやら模擬試合の公開日のようで、令嬢達の楽しそうな声が響く。

貴族の娘達がこうして騎士団の男性を見に来るとは聞いたことがある。

自分の専属の騎士を見つけるためでもあれば、恋人を求めていたりもするようで、あまり自由のない貴族令嬢達の密かな楽しみの一つだという。

私は美しく着飾った彼女達の姿に気後れして、急いで詰所の方へと足を向けたのだけれど、ひときわ歓声があがった方へと視線を向ける。

「オスカー様だわ！　はぁ。いつ見ても素敵」

「本当に……いずれは騎士団の総指揮官が約束された方だものね。格が違うわ」

「ご婚約もされていないし！　まだチャンスはあるわ」

黄色い、熱のこもった令嬢達の声に、私はその先にいるオスカー様を見た。

騎士団の制服をきっちりと着て、剣を構えるオスカー様。その姿は凛々しく、私は目を奪われた。

いつもの優しい雰囲気は消え、真っすぐに相手を見据えて動かない視線。

そして勝負は瞬く間に終わる。

相手に付け入る隙を与えず、二、三度相手の剣を受けたのちに弾き返し、そのあとは自在な身のこなしでオスカー様は試合を勝ち抜いていく。

雄々しいその勇姿に令嬢達からは黄色い歓声があがった。

まるで、自分とは住む世界が違う。

最近一緒に仕事をしていたから、距離が近くなったように感じていたけれど全然そうじゃない。

遠いな。

一歩後ずさりしかけた時、模擬試合を制覇したオスカー様と目が合った。

先ほどまでは凛々しかった表情を一瞬で柔らかなものへと変えたオスカー様が、笑顔を浮かべると手を上げた。

「メリル嬢！　来てくれたのか！」

ドクンと体の中の血が沸騰するかのような感覚がした。

バクバクと心臓がうるさくなり、周りからの視線が怖くてうつむくと、ひそひそ話が聞こえる。

「え？　誰？」

「あ、わたくし知っているわ。メイフィールド家の落ちこぼれ令嬢よ」

「まあ。なんで、オスカー様と……」

声を殺したざわめきの中、オスカー様が駆け寄ってきた。そして私の手を取ると言った。

「場所を移そうか。ちょうど試合も終わったところだ。ここの進行は他の者がやっているので大丈夫だから、向こうへ行こう」

「あ……はい」

内心いいのだろうかという思いがあったけれど、令嬢達の視線が痛くて、私は同意すると歩き出したのであった。

横に並ぶオスカー様が小さな声で言った。

「すまない。君が来てくれたのが、その……嬉しくて、ついはしゃいでしまった……人目があるのに配慮すべきだったな」

私の心臓はさらにうるさくなっていく。

ロドリゴ様の忠告が耳奥に甦る。自分自身でちゃんと分別をつけているつもりだったのにこの状況はすこぶる悪い。

「いえ、大丈夫です」

そう言葉を返しながらも、私の想いとは裏腹に、心臓は正直に早鐘を打っていたのであった。

一緒に騎士団の詰所へ移動すると、オスカー様は私を応接室へ通してくれた。

そのまま待つように言われ大人しく従うと、タオルを首にかけ、手には飲み物を持ったオスカー様が戻ってくる。

立ち上がった私に、オスカー様が微笑みを浮かべて飲み物の一つを差し出した。

「レモン水だ。魔法具で冷やしてあったから冷たくて美味しいぞ」

「あ、いただきます」

「おう」

私達は向かい合って椅子に座ると、それを飲む。

レモンだけでなくおそらく少し砂糖も入っているのであろう。甘みが感じられた。

「ほんとに美味しいです」

「それはよかった」

「オスカー様は、あの、第二王子殿下なのですが、その、よくご自分で動かれていて、すごいです」

ふいに、ずっと思っていたことが口をついてしまう。不敬だったかもしれないが、オスカー様は肩をすくめて言った。

「そうだな。だが、これには理由があるのだ」

「理由ですか？」

私が小首を傾げると、オスカー様は飲み物を一口飲んでから続けた。

「あまり公にはされていないのだが、別段黙っていることでもなくてな。先々代の時代に兄弟で王位を争うことがあって以来、我が王国は兄には帝王学を学ばせるが弟はそうしたことに興味を持たないように教育されるのだ」

「え？」

「兄が虚弱などの理由があれば別だが、私は元々剣が好きだということもあり、幼い頃から王国の剣と盾となるべく、鍛えてきたのだ。我が王国はそもそも国王が崩御しても他の貴族で王政を回す体制が確立されているという点も、弟が王位から遠ざけられる理由としてあげられる」

「そう、なのですか？」

「ああ。だからこそ自分のことは自分で鍛え上げ、昇り詰めなければならなかった。第二王子は、皆が思っているような優雅なものではないのだ」

私はその言葉に驚いた。

王子というのは蝶よ花よともてはやされているのだと勝手に想像していたのだ。

オスカー様は、私を真っすぐに見つめると言った。

「自分の力で自分の道を切り開くのは容易なことではない。だからこそ、私は女性でありながら、頑張る君を応援したくなるのだと思う」

そう告げられ、私はパッと視線をそらすと、乾いた笑い声をあげ、どうにかこの場をやり過ごせないかと焦った。

こんなの、勘違いしてしまいそうになる。

また心臓がうるさくなる。このままではダメだと自分を律するために大きく深呼吸をする。

「すまない。もしかして迷惑だっただろうか？」

「あ、いえ、違うんです！」

私は見上げてそう言い、息を整えると、もうこの話を早々に打ち切ろうと本題に入った。

「あの、今日、ここに来たのはお願いがあって」

「ああ。どうしたんだ？」

「えっと、出来れば明日、時間はないでしょうか！」

出来ればオスカー様にも見てもらい、自分が今疑問に思うことを一緒に考えてみてほしかった。

「明日？」

「は、はい。えっと、その、一緒に、出かけてほしくて」

「あ、ああ……えっと、そうか。うん」

「午前中から、出来れば行きたくて」

「行きたいところは、決まっているのか？」

「あ、はい。ルロート神殿です。神殿に保管されている本を見てみたくて」

ルロート神殿が所蔵する魔法陣の写本は、持ち出しは禁止されているが請求さえすれば利用することが出来る。

その内容を確認したい。

「なるほど。うん。では、神殿に行って、昼食は私のおすすめの店を案内してもいいか？」

「え？　あ、はい」

確かに調査をしにいけば、おそらく昼は過ぎるだろう。申し出を断る理由はない。

「そうか。では午後から行きたい場所は？」

「えっと、ルロート神殿以外にあとは特には」

「うん。そうか……君は本が好きだし、王立図書館はどうかな」

王立図書館ならば、もしかしたらルロート神殿で分からなかった場合、回ってみるのもいいかもしれない。

私は大きくうなずいた。

「はい！　あ、でしたら許可の必要な希少本の棚もあって、王立図書館に行けるならばあらかじめ申請をしておいてもいいですか？」

「それはこちらで手配しよう。君は王城唯一の魔法陣射影師であるし、今後も自由に閲覧出来るように話をつけたほうがいいな。私に任せておいてくれ」

「え⁉　いいんですか⁉」

「もちろんだ」

元々王立図書館を利用してはいたが、申請を毎回しなければならないことが面倒ではあったのだ。

私は嬉しく思い、これで何か確証を得られればいいなと思う。

オスカー様は少しそわそわとした様子で言った。

「その、明日は部屋の前まで迎えにいってもいいだろうか」

「え？　ええ。大丈夫です。いいのですか？」

「ああ。明日が楽しみだ。ちょうど休暇でよかった。君が誘ってくれるなんて、嬉しい」

「え？」

「では、明日。楽しみにしている。十時頃参上する」

「は、はい」

私は嬉しそうに微笑むオスカー様のことを見つめながら、レモン水をちびりと飲む。

なんだか違和感がある。

オスカー様は明日休みだと言った。私もそうで、けれども魔法陣について調べたいから休みを返上で働こうと思っていた。

けれど、オスカー様のお休みの日までつぶしてもいいのだろうか。そう思った時、ぽんやりと気づく。

休み。楽しみ。迎えにきてくれる……昼食。

オスカー様はレモン水を飲み干すと、立ち上がった。

「すまない。そろそろ戻らなければならないんだ」

「あ、分かりました。忙しい中、お時間いただきありがとうございます」

「ああ……」

オスカー様が、私の手を取ると、手の甲へ、キスを落とす。

「明日、楽しみにしている」

「へ？」

「先に出る。コップはそこに置いていてくれてかまわないから。では」

「はい」

応接室に残された私は、一体何が起きたのか分からずに困惑する。

今までオスカー様はそんな、あんなに甘い雰囲気など出したことがなかった。

それが、どうして……

そこで私はハッとする。

「まって、待って、待って！」

自分がオスカー様に言った言葉を思い出し、そして気づいて、両手で顔を覆った。

「私、オスカー様にデートの申し込みをした？　え、それって告白したも同然じゃない。……あぁぁぁあぁぁあぁぁぁぁぁぁ」

うなり声をあげるように私はその場にうずくまる。

違う。私はあのように、人気のある男性を、異性としてなんて、見てはいけないと思っているからこそ、だから、そのように不埒で大胆は。

支離滅裂な文章が頭をよぎる中、心臓がうるさい。

そして明日、少しでも楽しみに思ってしまった自分が恥ずかしい。

「あぁぁあぁ。なんて身の程知らずなのぉ！」

私は、悶絶するしかなかった。

今日の仕事をどうにか終わらせて、とぼとぼと宿舎へと帰ろうとしていると、がさごそ音がしていつもの植え込みから、困った様子のもふちゃんが現れた。

「もふちゃん！」

私はまた会えたことを喜びながら、もふちゃんを部屋へと招き入れたのだけれど、以前よりももふちゃんが何故か、そわそわとしている。

「もふちゃん？」

私はもふちゃんを抱きかかえると、実は購入していたもふちゃん専用のブラシを取り出した。

突然現れては突然消えるもふちゃん。

次会えた時こそはと、ブラシを用意しておいてよかったと思った。

「もふちゃん！　さぁ！　ブラッシングしよう」

「なぁお……みゃ……」

微妙な顔を浮かべるもふちゃんであったけれど、私の心はブラッシングすることによって晴れていく。

今はもふちゃんに癒やされて忘れよう。

「さぁ、もふちゃーん。お手ても、しますよぉ〜」

そう言うと、もふちゃんがお手のような形で手を、ちょんと私に差し出す。

「ふわぁぁぁぁ」

可愛い。可愛すぎる。

しかも差し出された手の肉球が、あまりにも柔らかくて、私は声にならない声をあげる。

「みゃ？」

小首を傾げるもふちゃんが、最高に可愛かった。

朝五時に目覚めると、もふちゃんは案の定いなくなっている。一体どうやって出入りしているのか謎だ。

ただ、今日はそればかり考えてはいられない。

今日はデートというやつなのだろう。

しかも自分が誘ってしまったという状況。

これはだめだ。デートというものには普通おしゃれをするのだと聞く。けれど私は口紅の一つも持っていない。

メイフィールド家を出るまでは一応侍女がついていたけれど、私は眼鏡を外すのが嫌で、化粧もすべて断っていた。

そして一応ドレスも着ていたけれど、今では基本的に王城から支給された制服だけだ。なので着ていくものがない。

昔の服を引っ張り出してみるが、ワンピースを着て、もしこれがデートだと勘違いしたという落ちだった場合、私は死ぬ。

間違いなく悶絶して死ぬ。

「一体、どうしたらいいの」

時計の針はカチカチと容赦なく時を刻む。私は悩みに悩んだ末、仕方がないと気合を入れてお風呂に入り、支度をする。

そして、制服をいつものように着た。

「うん……これにしよう。出かけるっていっても、うん。着飾る必要なんてない」

鏡に映る自分を見て、前髪を何回もチェックする。それから髪の毛を耳にかけたり、下ろしたりしてみるけれど、やはり、なんだかダメだなと思い、髪形も戻して三つ編みにぐっと結び直した。

結局出来上がったのはいつもの自分だけれど、ちょっとだけ勇気が欲しくて、一つだけ持っていた、香水をつける。

いつもと同じ見た目だけれど、香水のおかげでちょっと勇気が出る。

その時、扉がノックされ、いつの間にか時間になっていたことに私は驚いた。

慌てて返事をして扉を開けると、そこにはシャツにズボンと、いつもよりも簡素な服装姿のオスカー様がいて。

その手には花が持たれていた。

「おはよう。メリル嬢。今日は晴れてよかった。これ、受け取ってくれるかな？」

可愛らしい花束であった。けれどハッとする。うちに花瓶なんてものはあっただろうか。

「あ、ありがとう……ございます」

どうにかそう声を絞り出すと、もう一つ紙袋を渡される。

けげんに思っていると、オスカー様が言った。

「それ花瓶なのだけれど、とてもいい感じで、よかったら、これに花を活けてもらえない

に
かなぁって思って……迷惑でなければ」

「え！　ありがとうございます。あ、えっと、すぐに活けてきます」

「出かける時にすまない。やっぱり、最後に渡せばよかったかな。悩んだのだけれど」

もてもてでいつも余裕で女性をエスコートしていそうなオスカー様なのに、私のために色々考えてくれたのだろうか。

そう思うだけで、心が浮き立つ。

「いえ、あの、嬉しいです。ちょっと待っていてくださいね」

「ああ」

私は部屋に戻ると、机の上に花を飾る。オスカー様の持ってきてくれた花瓶はとても瀟洒で、花を活ければ部屋の雰囲気が華やかになった。

ここ最近はオスカー様と仕事をしているおかげなのか、無理難題を押しつけられず残業が少ないことから物理的にもある程度片づいている。

「可愛い……あ、急がなきゃ」

私は外へと出ると待っていてくれたオスカー様の横に並ぶ。

「では行こうか」

「あ、はい」

「その……手を……今日はつないでもいいか？」

「へ？」

「いや、今日は街へ行くので、エスコートだと目立ってしまうし、だから、手をつなぎたいのだが……」

少し照れた様子のオスカー様が、私に手を差し出す。

私もドキドキとしながら自身の手を重ねて、一緒に歩き出した。

以前にも思ったけれど、オスカー様の手は大きくて温かかった。

「馬車を待たせてあるから、それに乗っていこう」

「……はい」

なんだか緊張してきた。

馬車に乗り、まだ緊張しているとオスカー様が笑った。

「今日はいつもよりも口数が少ないな。あ、そうだ。神殿に行く前に少し寄り道をしてもいいだろうか？」

「え？　あ、はい」

「せっかくの城下町だから、制服だと気も抜けないだろう？　よかったら私の行きつけの服飾店で着替えたらどうかと思うんだ」

「は？　あ、え、でも、私はこれで大丈夫です！」

「うん。君は何を着ても可愛らしいと思う。けれど、街でその格好だと、逆に目立つからな」

「あ」

気づかなかった。確かに、制服姿だと城勤めの貴族であることが丸分かりである。

オスカー様は優しく微笑む。

私はうなずき、オスカー様に案内されるままにとても可愛らしいこぢんまりとしたお店へ入った。

王族御用達の高級衣装店に連れていかれたらどうしようかと緊張していたので、ほっとする。

「オスカー様いらっしゃいませ。あら、そちらのお嬢様は？」

迎えてくれたのはすらりとした体つきの素敵な佳人であり、私は背筋を正す。

「メリル嬢、こちらの女性はアンバー。昔は王城で働いていたんだが、今はここで服飾店を営んでいるんだ。アンバー、こちらはメリル嬢だ」

アンバー様は一礼をすると笑顔を私に向けてくれる。

「ふふふ。オスカー様がこの店に女性をお連れする日が来るなんて、とても嬉しいですわ」

「こんにちは。突然お邪魔してしまいすみません」

「あら、ここはお店ですから、もちろんいつでも来ていただいてかまいませんわ。今日はどのようなものをお求めで？」

「一緒に街を歩きたいんだ」

「それなら可愛らしいワンピースがございます。どうぞこちらへ」

アンバー様に案内され、色々見せてもらうけれど、値段が気になってしょうがない。私は今、家からの援助は受けておらず、王城勤めでもらったお金で暮らしている。ある程度貯蓄もある。だけれど王族の来る店の品というのは、高いのではないかと気後れして値段が怖い。

その時、オスカー様が言った。

「プレゼントさせてほしい。だから、君の好きなものを選んでくれ」

「オスカー様が女性に服をプレゼントをする日が来て、アンバーはとても嬉しく思いますわ」

「アンバー。あんまりからかってくれるなよ」

「はい。申し訳ございません」

くすくすとアンバー様は笑い、私を見つめる。

「せっかくなので、一番お気に召したものを教えてくださいませ」

「でも、えっと」

出来るだけ安いものにしたいと思い、私はオスカー様に聞こえないように伝えた。

「あの、あまり高くないほうがいいのですが……」

アンバー様は笑顔でうなずくと小声で返してくれる。

「大丈夫ですわ。わたくしのお店では市民の方が無理なく購入出来る価格で提供させていただいております。もちろん質にも自信がございますよ！」

その言葉に、私はほっとした。

それと同時に気遣ってもらってしまったと思いながら、手頃な服を物色する。一番目を引いたのは花柄の可愛らしいワンピースであった。けれど、私はそれは手に取らずに、地味な色合いのものを選ぶ。すると、アンバー様が私が先ほど見つめていたワンピースに触れて言った。

「こちらがお似合いになりそうですわ」

「あ……でも」

「よろしければ、着てみませんか？　せっかくですし、合わせて髪もセットいたしましょう」

「え？　あ、はい」

アンバー様の手引きで、カーテンで仕切られた更衣室へと入るとそこで着替えをすませ、それから髪の毛を一度解かれるとささっと結い上げられる。

自分でやるともさっとした印象にしかならないのに、お任せするととても可愛らしく仕上がった。

「少しだけメイクをしても？」

「あ……えっと、眼鏡を外したくなくて」

そう告げると、アンバー様が言った。

「では、口紅だけさしましょうか」

「え？　あ、はい」

「ふふふ。愛らしいこと。デート、楽しんでくださいませね」

「え⁉　あ、えっと……でも、私なんかオスカー様には相応しくありませんし、そのデートっていうか」

「ふふふ。わたくしの知っているオスカー様は、異性に興味なんてこれっぽっちもなかった方ですのよ」

「え？」

「大丈夫。ほら、こんなに素敵な女性なのですもの」

鏡に映る自分を見て、私は恥ずかしくなった。

「こんな可愛い洋服、似合いません」

「そうかしら？　それはオスカー様の反応を見れば分かると思いますわ」

「え？」

「ほら、行きましょう」

おそるおそる店に戻ると、私を見たオスカー様は、椅子から立ち上がった。それからこちらへ向かってくると、考え込むかのように口元に手を当てる。

「可愛い」

「え？」

オスカー様は私のことを凝視している。

「制服姿の君も可愛いが、やはりいつもとは違った装いというだけでもさらに可愛く見える。うん。だが、困ったな」

「え？」

「なんだろうか。自分の中にあった感情を、自覚させられている」

「え？　それは一体」

ぽかんとしていると、アンバー様がコホンと咳払いした。

「オスカー様、場所は大事です。ここでは」

そう声をかけられたオスカー様はハッとしたようにうなずくと、私に向かって言った。

「さあ、用意が出来たら行こうか」

「え？　あ、はい」

「アンバー。ありがとう」

「いえ、楽しんできてくださいませ。預かっているお召し物などは王城へ送っておきますので」

持ってきていた荷物は、アンバー様がこれが合うからと特別に貸してくれたバッグの中へと入れ替える。

オスカー様に手を取られ、アンバー様に一礼すると店を出た。

街中を着飾って歩く日が来るなんてと、心臓がドキドキする。

二人で並んで歩いていると、すれ違う女性達がオスカー様を見て振り返る。

騎士団の制服に身を包んだオスカー様は凛々しく逞しく、かっこいい。

でもシャツにズボンのくだけた格好の時、オスカー様本来の色気が駄々洩れし始めるということに私は気がついた。

騎士団の制服はその体のフォルムを隠していたのだ。けれどシャツだと、首筋から鎖骨にかけてや、胸や腹にしっかりと筋肉がついているのが、よく分かる。

私の手を握るオスカー様の手は大きくて、ごつごつとしていて、私は、自分の手汗がひどいことになっていると自覚してしまった。

汗を拭きたい。

手汗に気づかれたくない。

どうしたらいいのだろうかと焦りながら、私は目の前に魔法具の雑貨屋を見つけてぱっ

と指をさした。

「あ、あのお店、少し見ませんか⁉」

「ん？　ああ。行こうか」

手が離れた瞬間に私はさっとハンカチで気づかれないように汗をぬぐう。すぐにまた、手を差し出されたのだけれどこれを取ったら同じことを繰り返し危険だと判断し、悩み、そして思いつく。

手をつながなくてもいい方法を！

私は勇気を振り絞って、オスカー様の腕を取り、組むことにする。

先ほどよりも逆に密着してドキドキとする。

どうしよう。気持ち悪いとか思われていたらどうしよう。

私はオスカー様の顔を見たらもう耐えられないと思い、自分で誘った魔法具雑貨店でも上の空で何を話したのかさえ覚えていない。

ただ、そのあとオスカー様が口を開いた。

「私がアンバーの店に寄りたいとお願いをしたから、少し時間が押したな。よかったら、昼食を食べてから神殿の方には行かないか？」

そう提案され、確かに神殿に着く頃にはお昼の時間を過ぎてしまうなと思い、私は同意した。

「そうですね。分かりました」

オスカー様はほっとしたようにうなずく。

「よかった。先ほどから心ここにあらずというような感じだったので少し、その心配した」

「え？　い、いえ、違うんです！　あの緊張しちゃって」

「緊張……ふ……実は私も少し緊張している」

「はぇ？」

私は間の抜けた声を出す。オスカー様は笑い、私の手を引いて行きつけという店まで案内をしてくれた。

いつの間にかまた手をつないでいた。実にさりげない動きであった。

そう歩かないうちに、目的地に着く。とても可愛らしい外観で窓際には花が飾られており、扉を開けると、ベルの音がカランコロンと鳴った。

おしゃれな雰囲気の内装で、ところどころに緑の植物が置かれている。

私達は席に通され、オスカー様がメニューを私に差し出してくれた。

「肉と魚であればどちらが好みだろうか」

その問いに、私は少し考えて答えた。

「私は断然、肉派なんです。魚も好きなのですが、お肉のほうがこう、力が湧く感じがします」

正直にそう言ってから、ふと、普通の女の子であればここはもう少しおしとやかに答えるべきなのだろうかなんて思う。

けれどそこで、普通の女の子なんて想像している自分が取り繕っているようで気持ち悪くなり、頭を振ると胸に言い聞かせる。

オスカー様は天上の人。私には手が届かない。私なんてその辺の石ころと同じ。

何度も何度も心の中で繰り返し、私は自分の立場を再度確認する。

「よし、私は石ころ」

「え？　石ころ？」

「あ、いえ、なんでもないです」

私は慌ててそう答えると、オスカー様はメニューを指さした。

「私も肉が好きなんだ。同じく魚も好きだが、君と一緒で肉のほうがなんだかやる気になる。私のおすすめはこれだ」

指が示すメニューはがっつりと肉メインの品であり、私はうなずいた。

「おすすめありがとうございます。それにします」

オスカー様も笑顔でうなずくと、店員に声をかけて注文をすませてくれた。一つ一つの所作がどことなくやはり洗練されているから、育ちのよさがうかがえる。

　自分も出自はいいはずなのだけれど、どこへ行っても、何をしていても、幼い頃の劣等感が甦ってしまい、日常生活すべてにおどおどしてしまう。

　私は小さな息をつく。

「どうかしたのか？」

「いえ……オスカー様のように、堂々としていたいのですが、私、あまり社交的ではないので……」

　そう伝えると、オスカー様は静かに呟く。

「社交的、か」

「……はい」

　自分には持っていない資質を見ると、すごく眩しい。

　私も、たとえば見た目が両親に似ていたら、愛されて育っていたら、違ったのだろうか。

　もっと公爵令嬢らしく……

「私は、元来そこまで社交的というわけではないんだ」

「え？」

「人前で堂々とすることは幼い頃からの教育で身についたものだし、剣はただ好きで始めたけれど、その中で人に優るように訓練を受けてきた」

「そうなのですか？」

「ああ。その過程で他者と共闘するということも学び、また仕事柄市民や、王城の様々な部署と関わることも多くてな……私が社交的に見えているのは、そうした理由によると思う」

「へえ」

　私はそう答えながら、オスカー様の話を聞く。

「ある程度人とのかかわりを円滑にするという意味では社交性というのは大事だろうが、必須というわけでもないしな。まあ欠如が置かれた状況を困難にしているなら話は別だが、問題にはならない」

　その言葉に、私はなるほどとうなずく。

　今までそのように考えたことはなかった。

　世間並みに社交的でありたいと願うけれど出来ない自分が好きではなかった。

　だからそういった人を見ればただ眩しく羨ましかった。

　けれどオスカー様の言ったように思い返してみれば、ある程度は自分にだって意思疎通は出来る。社交的ではないからといって困るほどではない。

「なる、ほど……」

　私は色々な考え方もあるのだと思いながら、今までこうした視点の人とは出会ったことがなかったので、不思議な感じがしたのであった。

人間関係も、家族間とそして職場間だけだったけれど、これからはもっとたくさんの人と関わり意見を聞くのが大事かもしれない、そう思った。

「私は今のメリル嬢も十分素敵な女性だと思うし、無理する必要はないさ」

「へ？」

そう思っている時に、オスカー様に褒められて、私は身を強張らせた。

さらりと平気で、なんてことを言うのであろうか。

「あ、食事が来たぞ」

オスカー様の賛辞に戸惑っている間に料理が食卓に並べられていく。

殺し文句をさらりと口にするその姿に、かっこいい人はこういう台詞も言い慣れているのかなと、ちょっとだけ思った。

湯気が立ち上る料理はどれもおいしそうで、私はごくりと喉を鳴らす。

料理は結構なボリュームがあり、匂いが鼻孔をくすぐる。

「いただこう」

「はい」

先ほどのオスカー様の言葉がじんわり胸を温める。そんな心地で食べる料理は格別で、これほど柔らかくて美味しいお肉はオスカー様に作ってもらったサンドイッチ以来だなぁと頬が緩む。

「おいひぃれす……」

「この店は本当にうまいんだ」

私達はしばしば穏やかな雰囲気で料理を楽しむ。

オスカー様と一緒だと、ごはんがとても美味しく感じられる。どうしてこうも違うのだろうか。

この前の、サンドイッチを一緒に食べた時もそうであった。

視線が合うと、オスカー様はにっこり優しく微笑んでくれる。

不思議とその笑顔がどこか安心するようで、私は笑みを返した。

「う……」

その瞬間に、オスカー様が少しむせたように咳をした。

「げほっげほっ！　げほっ……っ」

一気に水を飲み干すとオスカー様は両手で顔を覆った。

「大丈夫ですか⁉　その、どうかしましたか？」

「……別に……ちょっと、むせただけだ」

私は少し心配しながら、ふと、咳き込んだその姿にもふちゃんが頭をよぎっていく。

なんだかオスカー様が可愛く見えた。

二人での食事は本当に楽しくて、こうやってまたご一緒出来る間柄になりたいなと不遜ながらそう思ったのであった。

　食後、私とオスカー様は会計をすませるとルロート神殿へと向かった。

　神殿を前に私は、少し気持ちに気合を入れる。ここからは真剣に本を探して確認したい。

「あの、実はこの神殿で調べたいことがあるのです」

「調べたいこと？」

「はい。この神殿が所蔵している貴重な魔法陣の本なのですが。お付き合いしていただけますか？」

「もちろん。では行こう」

「はい」

　私達は神殿に許可を取り、奥にある書庫の閲覧室へと入る。

　白大理石と雪花石膏をふんだんに用いた神殿には塵ひとつない。だけれども、本の匂いは神殿であろうが図書館であろうが変わらなくて、どこか懐かしい古い香り。

　私は書架から一冊の本を持ってくると、それを書見台に置いた。

　台の上で広げた本からは少し埃が舞い上がる。

「貴重なものなのか？」

　オスカー様の言葉に私はうなずく。文字を目で追いながらどんどんページを進め、そして、ある図版で手を止めた。

「これです。なるほど……」

「どうした？　というか、本をそのスピードで読めるのか……君はすごいな」

「いえ、大したことでは……オスカー様、ここを見てもらえますか？」

「ああ」

指さしたのは、太古の聖職者が使った神官文字であった。説明を続ける。

「魔法陣は数名で同時に魔力を流し、魔法を発動させます。昔は今よりも強い魔力に恵まれた人もいましたし、魔力を持っている人自体が多かったので魔法陣が多用されました」

「歴史でも習ったことがある。ただ、理由は不明だが時代が下るにつれ魔力を持っている人間も減り、それが強いとなればさらに一握りだ。故に魔法陣は廃れ、その代わり魔法具が発達した。魔法石で作る魔法具があれば魔力のない者でも魔法が使えるからな。そのため、今は魔法具が主流だな」

「はい。その通りです。現在では魔法具が普及し、魔法陣は衰退しています。今も使用されている魔法陣は、魔法具では補えないほど広範囲の王国の守護を担っている魔法陣だけです」

「毎年筆頭魔法使いが魔力を循環させている主護魔法陣だな。アルデヒド様はかなりの魔力を消費するとか。建国祭の日は、儀式を民も楽しみにしている」

「はい。そうです。そして私は魔法信者が魔法陣を使っていると思っていました」

「ん？　どういうことだ？」

「魔法陣とは一つ一つの形や文様に意味があります。それがつなぎ合わされ紡がれ魔法が発動するのです。私は事件の魔法陣も、一般的な魔法陣だと思い込んでいました。ですから、読み解けなかったのです」

オスカー様は首を傾げた。

「爆発した魔法陣には神官文字が使われています。最初は文字の形や意味になんらかの働きがあるのかと、考えていたんですが、実は直接関係がないんです」

「なるほど、直接作用に干渉しない神官文字が魔法陣の中にまざり込んでいるということか」

「はい。神官文字は建国当時に使われていたものですから、魔法信者はそれを意識したのかもしれません。そしてこの写本によると」

私はバッグからノートとペンを取り出すと、転写していた魔法陣から神官文字だけを抜いて書き写す。

そして図版の文字と照らし合わせて並べ替え解読していく。

「『神の名の下に、魔法使いが王国を統べる時が来た』」

完成したアナグラムに、オスカー様は眉間にしわを寄せる。

「ちょっと……ちょっと待ってくれ。これとは別に実はあと二つ、魔法陣が発見された場所がある」

「……早急(さっきゅう)に確認をしたほうがいいかもしれません」

「ああ。そうだな」

私達はうなずき合うと急ぎ神殿を後にした。

第五章  建国祭

私とオスカー様は王城へ戻ることにした。

正直に言えば、二人での外出がこのような形で終わってしまったことは残念だった。

もうこんな機会に恵まれることはないだろう。

だけれども、今は目の前の事件解決が先である。新たに発見された二つの魔法陣も確認しなければならない。

今回は少数精鋭ということで私の他に五名の騎士が同行して現場へと向かうことになった。またもしもの時の魔道具も持参して、私達は緊張しながら調査に臨んだ。

魔法陣の作用自体はおそらく最初のものと同じで、確認自体は問題もなく比較的簡単に終えることが出来た。

ただし、それぞれの魔法陣に記された文字を読んだ時、私は顔を強張らせざるを得なかった。

「オスカー様、写本のテキストと照らし合わせてみたところ、まとまった文章になりました」

「聞かせてくれ」

「一つ目が、『神の名の下に、魔法使いが王国を統べる時が来た』。二つ目が、『この国の王は偽りなり。始まりの日が偽りの日』。三つ目は、『正す時が来る。玉座に真の王が座る時、神意に皆が気づくだろう』」

私はアナグラムを書き出した紙を机の上へと置くと、口元に手を当てて考える。

オスカー様はゆっくりと息を吐くと言った。

「本来なら誰にも読めない古代文字での犯行予告か……。目的はなんだ。しかも正す時が来るというのは、二つ目の言葉からいって、始まりの日、建国記念日のことだろうか」

「その可能性は……高そうですね。ですが、神意に気づくとは……どういうことなのでしょうか」

「うむ。とにかく、一度これを持ち帰り上に報告しよう。一応君と同じ部署だし、ロドリゴ殿とも共有する。先日も、君の兄上が来ていた時、現状の確認に来たのだ」

「そうなのですか？」

「ああ。だから伝えておこうと思う」

「ありがとうございます。そうしていただけると助かります」

私は制服に着替えた後、魔法研究部へと一緒に移動したのだけれど、部屋に入った瞬間に私はロドリゴ様がご機嫌斜めだと察した。

苛立った様子で貧乏ゆすりをしており、羽ペンで何度も机の上の書類をトントンと叩いている。

こういう日は何を言っても怒られる。

私はオスカー様に一度騎士団に帰ってもらい、のちほど合流しようと言いかけたのだけれど、その前にロドリゴ様がこちらに気がつき、眉間にしわを寄せると立ち上がった。

「浮かれた様子だな……」

こちらを睨みつけてくる視線は冷ややかで、声も大きい。

「お楽しみに水を差してすまんが、うちの部署には仕事というものがあるのだがな。言っておくが、メリル嬢が業務をおろそかにしているが故に他の者にしわ寄せが来ているのだぞ！」

その言葉に、私はタイミングが悪かったなと思いながらも返した。

「お疲れさまです。離席が多いのは申し訳ないのですが、私に振られた仕事は終わらせています……その、部屋にいないことで、ご迷惑がかかっているのは分かりますが」

次の瞬間、ロドリゴ様が机をバンっと乱暴に叩き、私は身をすくめた。

「す、すみません」

反射的に謝ってしまってから、唇をぐっと噛む。

何故自分は謝ってしまったのか。悪いことはしていない。しっかりとノルマも終わらせている。それなのにどうしてこう威圧されないといけないのか。

オスカー様の前でみじめな姿をさらすのが嫌だった。

ロドリゴ様はふっと笑みを浮かべると言った。

「オスカー殿下、あまりこいつを調子に乗らせないでいただきたい。はぁ、勘違いされてもいいのですかなぁ？　貴方だって、こんな芋臭い女に好かれるのはごめんでしょう！あははは！　身の程知らずが、付け上がりますよ」

顔が火照る。

勘違いなんてしていない。私がオスカー様に相応しいような人間でないことは百も承知だ。

なのに、なのにどうしてここまで馬鹿にしてくるのか。

悔しくて恥ずかしくて立ち尽くしていると、オスカー様がはっきりとした口調で言った。

「失礼だが、今日のメリル嬢は休日出勤かつ仕事は終わらせたと申告している。それに対して何故恫喝し、その上彼女の尊厳を毀損するような言葉を使うのか」

「は？　いや、忠告をしているだけだろう。何を怒っているのか。あはは。冗談だよ冗談」

私の抗議はいつも頭ごなしに抑え込んでくるのに、相手が男性だとこうなのか。

男に生まれたかった。そしたら、もっと違ったのだろうか。

「冗談」

「ああ。冗談だよ。まぁ、こんな女に好かれてしまった貴方には同情しますがね」

悲しくてますますうつむいてしまうが、そんな私の肩をオスカー様はぐっと抱き寄せると、笑顔で言った。

「ロドリゴ殿には彼女の魅力が分からなかったようだな」

「え？　え？」

私は引き寄せられて驚き、心臓がどきどきと高鳴る。

一体何が起こっているのかあっけに取られていると、オスカー様が言った。

「まあ、そのほうがありがたい。今、私は彼女に猛烈にアタックしているところなのだが、なかなか振り向いてもらえなくてね」

「え？　あ？　は？　お、オスカー殿下が？」

「ああ。このように真面目で、可愛らしくて、それでいて仕事に一生懸命な女性、惹かれないわけがないだろう」

「は？　はぁぁぁ？　な、なにを！　ふ、ふざけないでくれ！　うちのメリル嬢はやらんぞ！」

突然のロドリゴ様の狼狽に、一体何がどうなったのかと目を丸くしていると、オスカー様は楽しそうに笑った。

「ああ。やはりロドリゴ殿、そういうことか。だが残念」

オスカー様は楽しそうに言葉を続ける。

「譲る気はないんだ」

硬直していると、居合わせた数人の同僚も口を開けて固まっていた。

「わあ……ロドリゴ殿、フラれたな」

「あれだけ毎日酷いこと言ってたらそりゃ、そもそも嫌われているだろう」

「だが、オスカー殿下を射止めるとは、メリル嬢すごいな」

そんな声がひそひそと聞こえてくる。ロドリゴ様は顔を真っ赤にすると声をあげた。

「お前ら聞こえているぞ！　黙れ！　そ、それにフ、フラれていない！」

「まあとにかく、今日は報告まで。では緊急の案件があるので、失礼する」

「あ！　ちょっと待て！」

ロドリゴ様が制止するけれど、私の背中をオスカー様が押す。

いいのだろうかと思いながら、誘導されて廊下に出るとオスカー様を見上げた。

「すみません。気を遣っていただいた上、あんな嘘までつかせてしまって」

オスカー様を困らせたいわけではないのに。

私がしょぼんとすると、オスカー様は頬を軽く掻き小さな声で呟く。

「いや、嘘ではないんだが、だが……このタイミングだとなんだか格好もつかないな

「……」

「え？」

「あ、いや、この件についてはまた改めて話をさせてほしい」

「え？　あ、はい」

「あと一点、実は気になっていることがあって調査を進めているものがあるのだ。故に、ロドリゴ殿との話は一旦切らせてもらった」

「そうなのですか？」

「ああ。これからしばらく、メリル嬢は出勤せずに朝、直接騎士団に来てほしい。ロドリゴ殿にはこちらから連絡をしておく」

「え？　ですが、通常業務もありますし」

「それについては私から話をつけておく」

大丈夫だろうかと思いながらも、私はうなずいたのであった。

私とオスカー様はその後上層部へと、新たな手がかりを報告。さらに大きな組織が編成され、私達を中心に事件の解決に向けて動き出した。

全体の顔合わせの際、オスカー様が私を紹介した時のことであった。

魔法陣射影師の私なんて、錚々たる顔ぶれの中で場違いもいいところなのだろうなと怖気づいていたのだけれど、周りの反応は違った。

「あの方が、この前の事件を、防いだというメリル嬢か」

「メイフィールド家の落ちこぼれと言われていたと聞くが、やはりただ者ではなかったのだな」

「魔法陣射影師なんて、初めて聞いたぞ。すごいな。魔法陣を描けるなんてな」

肯定的な雰囲気に驚いた。私は何故こんなところに女が、などと排除されるのではないかと身構えていたのだ。

「もし、怪しい魔法陣を見つけた場合は、すぐにメリル嬢に知らせるように。これから街に出る。地上部隊と地下部隊に分かれるぞ」

全体を指揮するオスカー様の、堂々とした姿に私はすごいなぁと見惚れてしまった。

騎士達は街の捜索に散開した。

私とオスカー様は作戦本部となった騎士団の詰所で待機している。魔法具にて緊急連絡が入った時にはオスカー様と共にその地へ急行する手筈だ。

オスカー様は地図の前で実働部隊と密に連絡を取り、報告を聞く。

その間、私は見つかった三つの魔法陣のレプリカと、魔法信者達の文様を見つめながら微かな違和感の正体はなんなのだろうかと目を細めていた。

この魔法陣に、まだ何かあるのだ。

「なんだろう……」

指で魔法陣をなぞると、私の体の中にある魔力に反応して青く薄く輝く。

「始まりの日……気づくだろう……魔法陣……」

どうしても気になるのだ。

「魔法陣……魔法……建国……」

これまで様々な歴史的な魔法陣を射影し修復してきたけれど、ここまで引っかかったものはなかった。

地図には魔法陣が発見された位置も記入されており、それはこの王城を中心にした三角を形成している。

狙われているのが王城なのは間違いないだろう。

だけれども、気になるのは『神意と皆が気づくだろう』という言葉である。

私は仕事柄魔法陣に触れる機会がある。勉強もしてきている。しかし、一般の人が魔法陣や魔法について詳しく知っているかと聞かれれば否と答える。

「どうやって、気づかせるの？」

私の呟きにオスカー様もうなずく。

「おそらく王城を狙ったものなのは理解出来る。だが、気づかせるというのは、ただ、事件を起こして知らしめるということなのだろうか」

「はい……そうですね」

三つの魔法陣の解析を進めた結果、あらかじめ魔力を数十人で注いでおき発動条件がそろえば爆発する恐ろしい代物であると分かった。

ただ、予想していた通り、完璧なものではなかった。

おそらくは本来は別の理由で作られた魔法陣が、修復の過程で爆発することが分かり、それを転用したのであろう。

私から見てみればあれは粗悪品の偽物の魔法陣である。

「偽物……」

そこで私は動きを止める。

こんなずさんな魔法陣しか作れず、そしてそれを利用するような組織が、本当の魔法陣を作ることが出来るのか。

出来ないからこんなことになっているのだ。

ならどうするのか。あの不完全な魔法陣を使ったところでそれは……。

ガタッと私は椅子を倒して立ち上がる。そして口元に手を当ててそれから地図へと視線を向け、息を呑む。

「これは、大変……です」

「メリル嬢？　どうしたのだ？」

「少しだけ、待ってください。確認します」

「あぁ」

机の上で、私は王城の地図を並べ、そしてそれを照らし合わせてゆっくりと息を吸い、吐いた。

「オスカー様、私は王城を狙っていると思っていました」

「あぁ。王城も広いからな……だが建国祭の時となれば、広場か、塔の上か」

「私もおおよその辺だと思っていたのですが、もう少しピンポイントにご丁寧に教えてくれています。見てください。ここは、王城の守護魔法陣が描かれている位置です」

「守護魔法陣？　アルデヒド殿が一年に一度魔力を流し込む例の？　だが、あれは外側からの攻撃を防ぐぞ。破壊出来るものではないと思うが」

「ええ。外側から攻撃するつもりはないのです」

「どういう意味だ」

「あの魔法陣は実のところは二重構造なんです。王国全体を守護する魔法陣、そして王城を守護する魔法陣。一つの魔法陣なのですが、二つの作用をもたらしています。どちらかが陥落してもどちらかは守るため」

「あぁ。それについては、知ってはいるが」

「なので、王城内部で爆発が起こった場合、内側からも守護は発動するので、王城外に爆発の影響が出ることはありません」

「なっ⁉　それは……つまり」

「証拠はありませんので、私の推測です。推測ですが……王城を内から爆破、その衝撃を魔法陣が防げば城外側には被害がなくその力は示されるでしょう。古の魔法使い達が使っていた魔法陣を使う。それはつまり、魔法使いの力を示すことにもつながるのではないかと……そして王国は大混乱に陥るでしょう」

王城が崩壊すれば国は機能しなくなるであろう。

そうなった時に、この魔法信者達がどのように立ち回ろうとしているのかは分からないけれど、無政府状態に乗じて動くつもりなのだろう。

「建国祭は三日後か……これは、大変なことになりそうだ」

「はい」

私とオスカー様は眉間にしわを寄せたまましばらくの間何も言うことが出来なかった。


くそくそくそ。

メリル嬢をオスカー殿下に取られてた。これまでなんのために、言いなりになるように教育してきたのか分からない。

繰り返し、威圧し、委縮するように仕向けてきたというのに。

ただし、それが完璧にうまくいっていたかといえば違う。

メリル嬢を好きに操ろうとしても、結局彼女の自我は剝奪出来なかった。

人格攻撃も過大な要求も、睡眠不足ですら、彼女ははね返し仕事を終わらせてくる。

理不尽なことにも耐える。

意味が分からなかったが、それでも最近になってやっとあと少しで心を折り、ようやくこちら側へと引き込むことが出来るのではないかと思っていたのに。

「オスカー殿下め……くそが。顔がいいだけの偽りの王族のくせに」

そう声を荒らげたのは、メリルの同僚のロドリゴであった。

「はぁ。メリル嬢のあの魔力も魅力的だったのになぁ。魔法陣調査の時に、せっかく一芝居打ったというのに、結局オスカー殿下も騎士団も誰一人死ぬこともなかったのは痛い。俺が唯一奇跡的に生き残る予定だったのになぁ……」

そのためにあのお方に魔力を流してある魔法陣を体に写していただいたのに残念だと、ロドリゴは息をつく。

ロドリゴは黒いローブの頭巾を深くかぶると、王城の製粉所から延びる地下への長い階段を下りていく。

行き着く先にあるのは、忘れられた古い貯蔵庫でそこが魔法信者達が集まる秘密の集会場であった。

集会場に入る前にロドリゴはローブの懐(ふところ)から、仰々(ぎょうぎょう)しい仮面を取り出して着ける。

この仮面さえあれば、ロドリゴは強くなれるとそう思っている。

仮面を着けたロドリゴに皆が頭(こうべ)を垂れていく。

快感がロドリゴを貫(つらぬ)く。

王城では末端(まったん)の末端であるロドリゴだけれど、自分はそんな立場に甘んずるべきではないと分かっていた。

元々は侯爵(こうしゃく)家の次男として生まれた。家督(かとく)は継げないので王城勤めを選ばざるを得なかった。

両親のコネで入った王城は、思っていた場所とは違った。

自分を認めない者ばかりだった。

気に食わなかった。

自分は天下の逸材(いつざい)であり、もてはやされて然(しか)るべき人間なのにと思ったが、それを誰も理解してはくれなかった。

そんな時、あの方に声をかけられたのだ。

大人物である自分を蔑(ないがし)ろにするこの国は、そもそも間違っているのだと教えてもらった。

なるほどと思った。

そもそも国が間違っているから自分はこのような扱いをされるのである。

それからは魔法にのめり込んでいった。自分に魔力はないけれど、魔法陣射影師と働いているということで、関連資料などを持ち出すことが出来た。

ただ前任のよぼよぼの爺さんであった魔法陣射影師の頃は本当にやりやすかったのに、メリル嬢が後任を引き継いでからは面倒になった。

そして魔法信者として貢献するため彼女の目を盗むのには苦労した。

ロドリゴは背筋を伸ばし、そして祭壇の前へと進み出ると、そこに平伏す者達に向かって声をあげた。

「いよいよ、魔法を知らしめる時が来た！　偽りの王を引きずり下ろすのだ！」

自分が声をかければ皆が言うことを聞く。

あの方から賜った蛇の刻印が施されたこの仮面には、不思議な力がある。挺身の証として譲り受けた仮面は自分をさらなる高みへと昇らせてくれた。

「さあ、始めよう」

本当であれば魔法陣に詳しいメリルが手に入ればさらに事はうまく運んだであろうが、こうなった以上は仕方がない。

きっと成就する。

そしてこの国は魔法信者達のものになるのだ。

ロドリゴは仮面の下でにやりと笑った。

今日の正午が、偽りの王国最後の時だ。

私達は現在、息をひそめて王城地下の廃貯蔵庫にて魔法信者達の集まりを包囲する最中だ。こんな身近な場所に拠点があるとは、灯台下暗し（とうだいもとくら）であった。

この日のために私は、前回の反省を生かしてしっかりと準備をしてきた。

爆発する魔法陣への対処や、魔力が込められているかどうかを私以外が見ても分かるように、魔力を視覚化する魔法陣も作ってある。

絶対に食い止めてみせる。

その思いで、私は寝る（ね）間を惜しん（お）で下準備をしてきた。

祭壇を囲んで祈り（いの）を捧げる（ささ）魔法信者は皆おどろおどろしい仮面を着けており、その中心にいる人がロドリゴ様であるという事実を知った時は、衝撃を受けた。

今回の事件に関してオスカー様からロドリゴ様の関与について聞いたのは、数日前のことだ。

オスカー様曰く、ロドリゴ様が深夜に仕事をしているということから、魔法研究部にそれほどの案件が来るのかという疑問を持ったのだという。

私自身は、働き始めてから今までそれが普通だったので不当には思わなかったのだけれど、オスカー様にはおかしいと言われた。

「適正の範囲を超えた業務量なのであれば、人手を増やさなければいけない」

オスカー様はいつの間にそのようなことまで調べていたのだろうかと、心底驚いてしまった。自分が知らないところでもオスカー様は動いていた。

どうやってと尋ねると、優秀な部下に恵まれているのだとさわやかな笑顔で返されて、仕事が出来る人というのはこういう人のことなのだろうなと思った。

「ロドリゴ殿は君ばかりを指定して呼びつけていたようだ。そこも怪しい点の一つだった。そして君の机から、何かを持ち出すような姿も見られていた」

「すみません。……私の手落ちでした」

「いや、仕方あるまい。君がどれだけ働いていたのか……。そんな状況ですべてをしっかり把握しろといわれても無理だろう。だが、ある意味君は有能なのだろうな」

「え？」

「睡眠時間も削って仕事をしているのに、そのどれにもミスはない」

「あ……いえ」

「ロドリゴ殿は、魔法信者らしい。とにかく、もっと詳しく調べる必要がある」

「はい」


そして、ロドリゴ様を監視した結果、私達は魔法信者達が地下に集うという情報を手に入れ、今、包囲することに成功した。

魔法信者の数は百名ほどのようで、皆が祭壇前にうずくまり祈りを捧げている。

あまりにも不気味なその姿に、私は息を呑む。

闇の中に、魔法信者達の声が谺する。

「この国は間違えた。我が王国の祖は獣と剣と魔法などと言われているが、魔法使いこそがこの国の王になるべきだったのだ！」

「獣が王となった」

「それが間違いだ」

「獣の血筋が王を名乗る。なんと汚らわしいことか！」

「そうだ。獣の血が王家などとおかしいことだ！」

「魔法使いこそが、本来の正統な王だったのだ！」

声があがる。恐ろしいほど陰気なそれに、ダンダンダンと足踏みが相まって、地鳴りのように伝わってきた。

「獣の血を絶やす時が来た！　魔法使いこそこの国の主なり！」

雄叫びにぞっとしていると、オスカー様が小声で言った。

「大丈夫か？」

「は、はい」

「無理はせずに」

「はい」

緊張で手の色が変わるほどぎゅっと拳を強く握っていたのだけれど、オスカー様に声をかけられて、私はゆっくりと静かに深呼吸をした。

怖いけれど、ここで食い止めなければ王城が吹き飛ぶ危険性がある。

何が仕掛けられているか分からないので、今回は魔法使いが数名援護に来てくれている。

王国きっての魔法使いであるアルデヒド様は現在建国祭の祭壇にて守護魔法陣へと魔力を注ぐための準備をしている。

今日は祖国にとってとても大事な日だからこそ、皆その場から逃げるわけにはいかないのだ。

現国王陛下であるオスカー様の兄君、ルードヴィッヒ様は避難を進言されたのだけれど、建国祭の日に王が姿を現さないわけにはいかないと断った。

その代わり、ルードヴィッヒ様の妻である王妃様がご実家へ、その息子である第一王子殿下と戻られている。

「国王陛下は、退難しなくて本当によかったのでしょうか」

私がそう呟くと、オスカー様は苦笑を浮かべた。

「我が兄ながら肝が据わっている。話をした時に、笑いながら『お前が止めてくれるだろう。期待しているぞ』と肩を叩かれた。ああ言われては、頑張るほかないだろう？」

声を潜めてそう言われ、私はすごいなと思った。

そしてだからこそ、頑張らなければと、いや頑張るのではなく絶対に止めようとそう決意した。

私は気合を入れると、祭壇に掲げられている魔法陣と、床に描かれている巨大な魔法陣とを見比べながら、オスカー様と移動する。

他にもいたるところに魔法陣があり、見つめる私は微かな違和感を覚える。

「なんだろう……前とは違った、嫌な雰囲気を感じます。魔力が……なんだか」

分からない。けれど私の中にある魔力が確かに何かに反応した。

同時に魔法信者達が、足踏みのリズムを変えて呪文を詠唱し始めた。

魔法は呪文を唱えて発動するが、魔力を有していなければ何も起こらない。つまり、いくら詠唱しようとも魔力がなければ、ただの歌と変わらない。

けれどそこで私は違和感の正体に気がついた。

私の中の魔力が共鳴した、そわそわとした感じ。

「これは……」

違和感の正体は別の場所からの誰かの魔力であった。

どこからか注がれている。

「オスカー様、魔力が流れてきています！　これはあそこにいる魔法信者からではありません！」

「どういうことだ？」

心臓がうるさい。

とにかくあの詠唱をやめさせなければ危険だと、私の本能がそう叫んでいた。

「オスカー様。彼らを止めなければ！」

私がそう伝えると、オスカー様はうなずいて言った。

「制圧を始める。メリル嬢は打ち合わせの通りに」

「はい」

オスカー様の指示に従い、他の騎士達が迅速に動き始める。

魔法信者達は、突然騎士らに踏み込まれ驚愕し、泣き喚き逃げ惑う男女であたりはたちまち騒然とした。

けれど、そんな者達ばかりではない。

剣の心得のある信者も中にはいるようで、刃物を振り回して抵抗する者が現れる。

「メリル嬢！　頼むぞ」

「はい！」

私とオスカー様は制圧部隊とは別に動く。

オスカー様は剣を取り、私達に刃を向けてくる魔法信者を薙ぎ倒していく。

私はオスカー様を信じて、床に描かれている魔法陣に、打ち消しの魔法陣を貼り付け作動させていく。

かなりの数の魔法陣があるが、今日の日のために、私も昼夜を問わず打ち消しの魔法陣を描き上げてきた。

この魔法陣には、魔法信者達が使っていた『条件で作動する』という仕組みを逆に利用させてもらっている。

特殊なやり方にはなるけれど、打ち消しの魔法陣を描く時に私の魔力を練り込んでおき、これを別の魔法陣に重ねると発動するように条件づけた。

そのため、のせるだけで作動するという優れものである。

私はあちこちの魔法陣に次々と自作の魔法陣を重ねてそれを打ち消していき、最後に中央のひときわ大きな魔法陣を目指す。

その時であった。

仮面を着けた一人の魔法信者が私の目の前を塞ぐ。

「動くな！　やめろ！」

その声はロドリゴ様のものであった。

「ロドリゴ様！　どいてください！」

私はそう叫び、オスカー様も声をあげた。

「押し通るぞ！」

「ふざけるな！　お前、誰のおかげで城で働けていると思っているのだ！　第二王子だなんて顔だけの男に言い寄られたくらいで、勘違いをするな！　お前が根暗で不細工な女だってこと自覚しているのか！」

喚き立てるロドリゴ様をオスカー様は突き飛ばそうとしたのだけれど、後ろから数名の魔法信者が襲いかかる。

振り向きざまに退ける間、ロドリゴ様が私に向かって拳を振り上げた。

「お前は俺の役にただ立っていればいいだけだったというのに！　ふざけるなよ！」

オスカー様は瞬時に数名の魔法信者をねじ伏せて、ロドリゴ様の腕をひねり上げた。

「いでぇええええぇ」

悲鳴をあげるロドリゴ様の仮面に、私は魔法陣を貼り付ける。次の瞬間、仮面がパキッと音を立てて割れたかと思えば、ロドリゴ様は目を丸くし、そしてロドリゴ様を守ろうとしていた魔法信者達は驚いたように叫んだ。

「どっどどどういうことだ！　魔法信者総長様ではないぞ！」

「誰だ！　この男は！」

「総長様はどこだぁぁ！」

魔法信者達の怒号が響き渡る中、私はオスカー様と混乱を突破する。

すべての魔法陣の発動をとにかく止めなければならない。

その決意でやっと中央の大きな魔法陣にたどり着くと、私はそれに打ち消しの魔法陣をのせた。

「これで……」

終わるとそう思った。しかし、打ち消しの魔法陣は赤々と燃え上がると、その場で灰となって消えた。

「これはっ……」

「メリル嬢！　どうしたのだ！」

執拗に襲い来る魔法信者を制圧するオスカー様に、私は叫んだ。

「中央の魔法陣だけ打ち消せないのです！　これが、これが最後なのに！」

「なんだと⁉」

そこに、仲間の魔法信者から追いかけ回されているロドリゴ様が、悲鳴をあげながら私の元へと逃げてきた。

「メ、メリル嬢！　オスカー殿下！　助けてくれ！　こいつらがおかしいのだ！　さっきまでは俺のことをあんなに崇めていたというのに！」

「お前は総長様ではない！」

「我らが総長様はどこだ！」

「なんだよ！　俺はロドリゴ様だ！　仮面はあのお方から頂いたもので、着けていると皆が従ってくれる魔法の仮面だからそうしただけで、勝手に勘違いするなよ！」

ロドリゴ様は散々殴られたり蹴られたりしたのか、痣をつくり、涙と鼻水でぐちゃぐちゃになった顔で泣きついてくる。

「なんとかしてくれぇぇぇ！　メリル嬢！　仕事を見てやっただろう！」

私はその姿に、眉間にしわを寄せると言い捨てた。

「仕事を見てやったとは……積まれたことはたくさんありますが」

「くそが！　助けろよ！」

腕をぶんぶん振り回すけれど、今度は自分で転んでしまう。

私はめげずに立ち上がりこちらを睨んできたロドリゴ様の顔に、魔法陣をぺたりと貼り付けた。

「が……」

ロドリゴ様の動きが止まる。

「静かにしていてください。今、大変忙しいんです」

仕事を大量に押しつけられたことも、怒鳴られたことも嫌だった。けれど、それについて今は話している場合ではない。

「魔法陣が作動している……けれど、まだ魔力が足りないようです。オスカー様！　この魔法陣へと魔力を流している人物を止めなければなりません！」

オスカー様は近くにいた魔法信者を拳で地面に叩きつけ、それから顔を上げるとうなずいた。

「了解！　制圧も間もなく完了する！」

あたりを見回してみれば、騎士達はほとんどの者の抵抗を封じ、そして確保し始めている。

あっという間だったなと安堵しながらも、この最後の魔法陣を止めなければ、皆が大変なことになると、私は慌てて言った。

「魔力をたどります！　オスカー様、ついてきてください！」

「分かった！」

早く行かないといけない。私は走るけれど、長い階段を地上まで上るのには時間がかかる。

するとオスカー様が私を背に担ぎ上げた。

「急ごう。メリル嬢！」

「オオオオ、オスカー様！」

「舌を噛むぞ！」

「ひゃい！」

私を担いでいるというのに、尋常ではないほどにオスカー様の足が速い。

「あれ？」

目の錯覚であろうか。オスカー様の頭に耳のようなものが生えているように見えた。そして、視界に揺れる何かが映る。

尻尾のような何かだったような気がしたけれど、あまりの速さに私は目をぎゅっと閉じてしまった。

かなりのスピードが出ていたように思う。ただ瞼を閉じていたので、どのくらいかは分からなかったのだけれど、体感としては数分もたっていない。

太陽の眩しさを感じて目を開けると、先ほどあったように見えた耳や尻尾などは当たり前だけれどなかった。

疲れすぎて、もふちゃんに会いたくなったのかもしれない。

たまにふらりとやってきて一晩私を癒やしては去っていく。

どうやって去っているのかもまだ分からないけれど、もふちゃんは私にとっては可愛らしい天使ちゃんなので、もしかしたら不思議な魔法が使えるのかななんておかしなことを考えている。

そんなことで一瞬集中が切れそうになったけれど、私は気を引きしめると言った。

「もっと上ですね。おそらく、アルデヒド様のいる守護魔法陣の場所だと思われます」

「嫌な予感がするぞ」

「私もです……今、私は魔力の気配を追っているのですが……この魔力、感じたことがあります」

「それは……誰だか分かるのか」

私はこの魔力を知っている。

現在たどっている魔力の先にいる人が魔法信者とつながっているということになる。

そしてそれほどの魔力を持ち、守護魔法陣の場所にいる魔法使いはただ一人である。

魔力は一人一人気配が違う。だからこそ、誰の魔力かはすぐに分かる。

「アルデヒド様の……魔力だと思います」

「……アルデヒド殿……か」

私達が行き着いたのは、王城の最上階から張り出した広いバルコニーであり、そこから外を見晴るかせば城下の町並みが遠くまで続いていた。

直下の広場には、魔法陣に魔力を流し込む今日の儀式を見ようとかなりの民が詰めかけているのが分かる。

私をオスカー様が石の床へと下ろしてくれる。

魔法陣の前に立つ魔法使いアルデヒド様が、私とオスカー様が来たのを見て、にこりと笑みを浮かべた。

第六章　本当の王とは

私達がやってきたのを見て、アルデヒド様は先と変わらぬ穏やかな雰囲気で口を開いた。

「おやおや。どうされましたか？」

焦っているような声ではない。

現在、国王陛下はバルコニーに特設された御座からこちらを見下ろしており、異変を察知した護衛の騎士達が動き始めている。

私とオスカー様は、驚くほど冷静なアルデヒド様を前に動きを止める。

私にはここまで追ってきた魔力の気配が、アルデヒド様につながっているのが分かった。

ゆっくりと呼吸を整えつつ、口火を切る。

「アルデヒド様……地下から魔力を追ってここまで来ました。信者達の魔法陣に魔力を流しているのは、貴方ですね」

オスカー様が身構える。

「アルデヒド殿。どういうことなのか釈明を」

私達のその言葉に、アルデヒド様は小首を傾げた。

「どうしたのです？　すみませんが、きっと何か誤解があるのでしょう。今は、守護魔法陣へ魔力を流す大事な時ですよ？」

オスカー様が真っすぐにアルデヒド様を見ながら言う。

「誤解をしっかり解いてから、でもいいだろう？」

「おやおや。お二人はもしや私を疑っているのですか？　この王国の筆頭魔法使いである、この私を？」

冷ややかな空気が、アルデヒド様の周りに立ち込める。

優しい雰囲気が消え、アルデヒド様はオスカー様へと視線を向けた。

「神聖な儀式を国民が皆楽しみにしているのに、こんな騒ぎを起こすなど……」

「ならば、説明してほしい。何故、地下の魔法陣に貴殿の魔力が流れているのだ」

「そう言っているのは、そこにいる魔法陣射影師だけでしょう？　ただの魔法陣射影師と筆頭魔法使いである私、どちらを信じるのですか」

その言葉に、私は魔法陣射影綴りを取り出す。

前回、魔法陣の発動の予兆を皆が感じ取れなかったことが退避までに時間を要する原因となった。

つまり、それが見えればいいのだと思った。

そして描いたのがこの魔法陣である。

元々昔は使われていたものであり、しかし今では使える者も使う価値もなくなり、過去の遺物と化していた魔法陣。

それが今、生かされる時が来た。

「魔力視覚化魔法陣、発動」

魔法陣に私の魔力を流し込んだその瞬間、まるで金色の光が舞うように輝き、そして私は自身もまた青白く淡く輝いているのを見た。

ゆっくり視線をアルデヒド様へと向けると、同じようにお体が青白い魔力で包まれていた。

そして、その青白い魔力は、アルデヒド様からまるで滝のように地下へと流れていく。

アルデヒド様は驚いたように目を丸くし、それから私を見ると、楽しそうな声をあげた。

「なんという才能か。魔力を視覚化出来る魔法陣か……私も不勉強でした。いやはやこんなにも魔法陣が有益とは。だがしかし、魔法陣をいともたやすく扱うその能力……化け物、メイフィールド家の出来損ない？　ははは。むしろ最高傑作ではないか。それを理解しない周りは愚かだ」

うんうんと何か納得するようにうなずくアルデヒド様は、それから小さく息をつき、そして諦めたように笑う。

「魔力が見えてしまっては、もう言い訳は出来ませんね」

私とオスカー様は開き直った態度に小さく目配せをし合う。

アルデヒド様は笑いを収めたあと、ため息をついた。

「次代の筆頭魔法使いに相応しい方が……魔法陣射影師……とはね」

小馬鹿にするような物言いに、私は静かに抗議した。

「魔法陣射影師は、素晴らしい仕事です」

そう告げると、アルデヒド様は笑顔でうなずいた。

「もちろんそうでしょう。魔法に関わる仕事は常に偉大です」

そしてマントを翻す。

「アルベリオン王国の祖は、獣の王と剣と魔法。何故、獣が王になったのか。それがそもその間違いだったのです」

大きくため息をつきながら、アルデヒド様は首を横に振る。

「獣が王などと、汚らわしい……そうは思いませんか。獣の血を色濃く受け継ぐオスカー殿」

その言葉に、オスカー様がビクリと肩を揺らす。

アルベリオン王国では、獣の王が自国の祖であることは社会通念であり、今の平和をもたらしたと崇敬されている。

ルロート神殿にもその歴史はたくさん文書として残っており、神殿が祭る神もまた、神獣である。

それほど王家は尊い存在なのだ。

汚らわしい獣などと嘲るアルデヒド様に、私は衝撃を受けた。

「魔法使いアルデヒド殿。貴殿は敵か」

アルデヒド様は笑顔で杖先を床に叩きつけた。

次の瞬間、空に輝く守護魔法陣が青白く輝いた。民衆がどよめく。

「ええ。貴方から見れば。ですが、メリル嬢の敵ではありません」

「え？」

私が混乱していると、アルデヒド様は優しい声色で言った。

「魔力を持ち、そして魔法陣射影師としても優秀な貴女は敵ではありません。ね、一緒に、この国の偽物の王族を亡ぼしませんか？」

まるで、罪の意識などない言葉に、私はぞっとしてしまう。

「なんで、どうしてでしょうか。我が国は、悪い国では」

「悪い国ですよ。メリル嬢。王が悪いのです。魔法具なんてものを発展させ、魔法使いを冷遇し、魔法陣は廃れた！　悪い王でしょう！」

「そうでしょうか？　国王陛下は善政を施してくださっています」

「我が兄は、魔法使いを虐げたりはしていないぞ⁉」

アルデヒド様は声を荒らげた。

「善政？　魔法使いを虐げていない⁉　バカですか。魔法使いを敬っていないではないですか！　祖は獣の王？　お門違いもいいところです。王国を守っているのも、この、守護魔法陣！　つまり、魔法使いがいなければ国は滅んでいるのです！　つまりは、魔法使いこそがこの王国の、正統なる王なのです！」

突然何かに取り憑かれたように叫ぶアルデヒド様に、私は恐怖を覚えた。

怖い。アルデヒド様の目は血走っている。

この人は、自分の意見を正しいと思い、他人の意思などどうでもいいと考えているのだろうか。

ロドリゴ様にそっくりだと、私はその姿にぞっとする。

「正統なる王なんて……そんなの、違います。少なくとも、今の貴方より、国王陛下のほうがご立派です。民と共にあり、そして、国を憂い、あの場にとどまっていらっしゃる」

「ふふふ。あはははは！　本当にお目出度いですねぇ。そんなのパフォーマンスでしょう？　まあでも、獣臭さならマシですがね。どちらかと言えばオスカー殿のほうがひどいので」

私は、真っすぐにアルデヒド様を見つめて言った。

「王家の方々は国家安寧のためにそれぞれ務めを果たされていますよ？　ルードヴィッヒ陛下は民を守り、そんな国王陛下を支えるためにオスカー様は尽力されている。そしてその周りに人が集まり、支え合い、出来ているのが王国だと、私は思います」

アルデヒド様は笑い声をあげる。

「あははは。理想ですねぇ。好きですよ。理想。ですから、私が王となり、理想をまた別の色に塗り替えて差し上げましょう。さあ、そろそろ守護魔法陣を発動させましょうか！」

私がアルデヒド様の気を引いている間にオスカー様は、ルードヴィッヒ様の無言の指示の下動いていた騎士達と呼吸を合わせ、一斉に打ちかかった。

けれど、本来ならば魔法を使うためには詠唱が必要なはずなのにもかかわらず、アルデヒド様が手を翳すだけで光が放たれ包囲は吹き飛ばされた。

オスカー様だけはアルデヒド様の魔法を剣で受け、それを空へと弾き飛ばす。

民には死角になるからだろう。何かのパフォーマンスだと思ったのか、民衆からは歓声が上がって聞こえた。

「魔法陣射影師であるメリル嬢には感謝しています。そのおかげで、いいものを私は生み出すことが出来ました。ほーら見てください！　ロドリゴ殿が持ち出してくれた貴女が描いた魔法陣を使わせてもらいました！」

アルデヒド様の手のひらには魔法陣が彫ってあり、それに魔力を流すことで、攻撃魔法と防御魔法を同時に操っている。

魔法陣一つ発動するのにも十数名の魔力が必要である。つまり、アルデヒド様はそれほど大量に魔力を有しているということ。

「あははは！　魔力さえあれば、こんなにもたやすく魔法陣と魔法が使えるのです！　魔法具なんてチンケなものをありがたがるから、だから、私のような強い魔力を持つ者が生まれなくなったのですよ！」

「アルデヒド様！　その因果関係については解明されていません。でたらめなことを言うのは」

「黙りなさい！　貴女にならら、貴女になら分かるでしょう！　人が持っていない力を持っている。それは才能なのに、周りが理解しない故に苦しまなければならない気持ちが！」

おそらく今のが本音だろう。

アルベリオン王国では、魔力を持っていたとしても乏しいのが普通だ。だから魔法使いですら、小さな魔法しか使えない。

アルデヒド様ほど魔力を有している者は、半世紀に一人生まれるかどうか。

そしてだからこその苦労もある。

「大量の魔力を有している私が、幼い頃どんな扱いをされたか！　化け物のように、腫れ物に触るかのように！　皆が表では好意を！　裏では嫌悪を私に向ける！　貴女ならば……分かるはずだ！　私はだから、いつかこの国の真の王になると決めていた！　この国を本当の姿に戻すために！」

だから、アルデヒド様は、魔法使いの地位を高めようとしているのだろうか。

王になって、魔力を持っている自分を認めたいのだろうか。

アルデヒド様にもう一度オスカー様が剣を向けるが、魔法陣で防がれる。

アルデヒド様はにやりと笑みを浮かべてうそぶいた。

「これなら呪文の詠唱も不必要！　喉をつぶされても戦える……大量の魔力さえあれば、廃れた魔法陣のほうが優秀なのですよ！」

そうだ。

大量の魔力さえあれば、魔法陣のほうが優秀。

だけれど、大量の魔力など持っているのは私とアルデヒド様くらい。持っていないということは使えないということ。使えないということは、あったとしても無意味だということなのだ。

だから、魔法陣は廃れた。

「アルデヒド様！　こんなことはやめてください！　ただ、駄々をこねているだけではありませんか！　魔法使いが王になる？　今の平和を壊して、本当にすべきことですか⁉」

「黙れ！　何故私の悲願が分からないのですか！」

私に向かって光の攻撃魔法が放たれるが、オスカー様が私の目の前に立ちそれを弾いた。

「オスカー様！」

「大丈夫だ！」

オスカー様はにやりと笑うと私に小声で言った。

「メリル嬢、魔法陣、使えるか？　興奮している相手に話してもらちが明かない」

「はいっ！　もちろんです！」

「では、援護を頼む」

元々、もしも戦いとなり、何か不測の事態が生じた時に私に何が出来るか、それをオスカー様には伝えてある。

国王陛下や上位貴族のお歴々に、自分には魔力があると表明しているような状況だ。

魔力があることも、瞳が赤いことも、私にとっては知られてはならない悪いこと。

違うと今は分かってはいても、お母様に押されたその烙印は消えていない。

だけれども、私も王城で働く一人であり、王国を守るために戦う一人の臣下なのだ。

私は、魔法陣射影綴りを取り出すと、それを空中へと飛ばし、魔力を込め、発動する。

「魔法陣展開！　第一、第二、第三、第四魔法陣、発動！」

次の瞬間、オスカー様の前に魔法を防ぐ盾が現れ、そして剣には強化がなされる。

第三魔法陣と第四魔法陣は、国王陛下やその周囲を固める人々を守るために展開させる。

「メリル嬢、助かる！　アルデヒド殿！　逃げ場はない！　諦めるのだ！」

「逃げませんよ！　私がこの国の王となるのだ！　地下にある魔法陣によってここは爆発に巻き込まれる！　王族もろとも死ね！　メリル嬢も私と共に生きる道を選べば助けたものを！　残念ですよ！」

魔法陣が青白く輝き始めた。皆がアルデヒド様が守護魔法陣に魔力を流し込むと考えている。

守護魔法陣は魔力にではなく、おそらく危機に反応しているのだ。何か察知能力的なものがあるのかもしれない。

けれど、今からアルデヒド様が流す魔力は地下へと注がれる。

灰から灰へ。

アルデヒド様はすべてを無に帰し、王族については王家の存在そのものを葬り去ろうと考えているのだ。

そんなこと、絶対にさせてはならない。それに何より、ここで爆発すればアルデヒド様自身も危ないというのに。

そこで私はハッとする。

王になろうとしている人が、自身を危険にさらすわけがない。

何か仕掛けがあるはずだと、目を凝らすが、何も見えない。少しでも助けになればと眼鏡を外した。

赤い瞳は恐ろしいと母に嘆かれた。

魔物のようだと姉も悲鳴をあげた。

化け物だと兄が毒づいた。

嘲られ、虐げられたこともあった。

けれど、オスカー様は、私の赤い瞳をたじろぐことなく真っすぐに見つめ、そして言った。

「メリル嬢！　ありがとう！」

「はい！」

怯むな。退くな。前を向け。

オスカー様は剣を構えると、アルデヒド様に立ち向かっていく。

その背中に勇気をもらう。

真っすぐにアルデヒド様を見据えると、魔力の流れがよく分かる。魔力を視覚化していることで、ご自身が体に刻んだ魔法陣に流れている魔力も分かる。

地下の爆発するかもしれない魔法陣をどうにかしなければならない。

私は魔法具の羽ペンを取り出すと、空中に向かって、ペンを走らせ始めた。

「おい、あれはなんだ」

「魔法陣を、描いている？」

「一体何が起こっているのだ」

国王ルードヴィッヒの側近達は動揺して声をあげ、王弟であるオスカーと三つ編みの娘が魔法使いアルデヒドと戦う姿に困惑する。

しかも、魔法陣とは大量の魔力がなければ発動しないはずなのに、目の前ではいくつものそれが展開されている。

「あれは、おいっ！　見ろ！　あの娘、目が真っ赤だ」

「まさか、魔物!?」

「ち、違う。一時期噂になっただろう。メイフィールド家の出来損ないだ」

その言葉にまたざわめきが大きくなる。

赤い瞳というのは珍しい。

アルベリオン王国を危機に追いやった魔物が赤い瞳を持っていたという伝承から好まれる色ではないが、少数ではあるがいるにはいる。

だがしかし、貴族の中では極めて希だ。

メイフィールド家は金髪碧眼の家系である。だからこそ、そこの令嬢が魔力を持ち、しかも赤い瞳だということに衝撃が走る。

「おいおい。メイフィールド家の出来損ないって……出来損ないが、赤い瞳で、その上魔力持ちだっていうのか？」

「出来損ないじゃないじゃないか」

誰かがぼそりとそう言った時、ルードヴィッヒがワインテーブルに置かれていたグラスを落とし、周囲の注目を集めた。

「少し、静かにしてもらえるか」

「「「「もうしわけございません」」」」

皆が頭を垂れ、すっと後ろへと下がる。

弟には優しい顔を見せるルードヴィッヒであるが、それは誰にでも向けられるわけではない。

アルベリオン王国では第一王子に帝王学が叩き込まれる。故に、ルードヴィッヒは威風を以て、国を統治してきた。

そして今もまた、揺るがない。

「オスカーと魔法陣射影師メリル・メイフィールドが魔法使いアルデヒドと対決。つまり今回の一件、アルデヒドが裏で手を引いていたか」

ルードヴィッヒは命じる。

「民に気取られぬように。彼らの姿は、民の視野からは外れるだろう。宰相及びここに控える者達の不用意な手出しは無用」

「「「「はっ」」」」

そう返事をしたのちに、一人、ルードヴィッヒの側近が小声で伝える。

「現在、地下の暴徒は一部を除きほぼ制圧。残るはアルデヒド殿だけだそうです」

「そうか。では、あとはオスカーと……メリル嬢を信じるとしよう」

ルードヴィッヒはそう言うと、立ち上がり、民に向けて手を振る。

その姿に皆が歓喜した。

バルコニーでのルードヴィッヒの御座は国民からよく見えるよう高く設置されている。

一段下での戦いを目にするのはここにいる者達だけだろう。

早く終わらせろよと、ルードヴィッヒはそう弟を信じて思ったのであった。


私は、空中に魔法陣を描いていく。手で魔法陣を弾けば回転するので、どんどん符号を書き足していく。

アルデヒド様の魔力がさらに激しく地下の魔法陣へと流れ込むのが見える。いよいよ最後の時が迫っているのだと、私は声をあげた。

「オスカー様！　アルデヒド様が流し込む魔力を止めなければなりません！　止めるために魔法陣を発動させます！　すべての魔法陣が停止します！」

アルデヒド様の魔法を剣で跳ね返し、後ろへと飛びのいたオスカー様は、次々と襲い来るアルデヒド様の次の手を空へと弾きながらうなずく。

「あぁ！　分かった！　やってくれ！」

「勝負は一瞬です！　いきます！」

アルデヒド様はせせら笑って。

「そんなことさせるとでも!?」

言いざま私に向かって攻撃を放とうとするが、それをオスカー様が遮るようにして立ってくれる。

アルデヒド様は息巻いた。

「邪魔をしないでください！」

「しないわけないだろう！」

「私はこの守護魔法陣を発動させたまま地下を爆破するのです！」

オスカー様は応じて声を荒らげた。

「一体それにどういう意味がある！　お前自身も巻き込まれるだろうに目的はなんなの

だ！」

「王城にいる人間は皆死ぬでしょう。ですが私は魔法陣で防御出来るので生き残れるのです！　そして、この守護魔法陣により、広場の民には害が及ばないでしょう！　私はその後、魔法陣を輝かせ、魔法使いの力をあまねく示します！　私が皆を命を賭して守ったのだと！　そしてすべての者は私に平伏すでしょう！」

楽しそうに演説するように自分の勝利を確信しているのか声高に叫ぶアルデヒド様。

「たとえ、そうなったとして、本当に国民が貴方に従うとでも!?」

私の言葉に、アルデヒド様はけらけらと笑い声で返す。

「もしも私を王にしなかったら、それは罪です。そうなれば、もう国民など不必要。私を王として認めない者は……皆死ねばいい」

アルデヒド様の考えが分からない。

けれど、ここで止めなければ恐ろしいことになる。

オスカー様は今も傷つきながら魔法使いであるアルデヒド様との分の悪い戦いを続けている。

国王陛下であるルードヴィッヒ様も、自分の身に危険が迫っているにもかかわらず、それを民に悟られないように、笑みを湛え、お手振りで応えていらっしゃる。

主に従う貴族達も、背筋を伸ばし微動だにせず控えている。

私は、確かに王国の末端の末端だ。だけれども、魔法陣射影師としての仕事に誇りを持っている。

そして、新たに一つ、目標が出来た。

オスカー様達のようになりたい。

胸を張って、自分を信じ、堂々と振る舞えるようになりたい。

王城を爆破し、あたかも国民を自分が救ったかのように演出して、国王になろうとしているアルデヒド様。

そんな人が王に相応しいわけがない。

しかも自分に従わなければ死ねなどと考えている人が国を治めればどうなるか、その先は容易に想像出来る。

私は気合を入れた。

「行きます！」

「了解！」

空中に描いた魔法陣を展開させる。

「魔法陣展開！」

次の瞬間、魔法陣の発動と同時に青白い光が消えていく。それにアルデヒド様は驚いたように身構えるが、何も起こらなかったことに高笑いした。

「魔力切れでも起こしたのですか⁉　ははは！　あんなに魔法陣を使っていましたからねえ！　……あれ？　私の魔力がっ」

打ち消しの魔法陣の応用。

私は、魔法陣を打ち消すのではなく、現在バルコニー周辺に流れている魔力を一時的にすべて打ち消す魔法陣を展開した。

つまり今、地下の魔法陣へ注がれていたアルデヒド様の魔力が途切れた。

一瞬だ。この一瞬が勝負となる。

私はその声を無視して言葉を続ける。

「打ち消した第一、第二、第三、第四魔法陣、再度魔力注入、展開開始！」

「は？」

アルデヒド様が突然のことに混乱している中、私は集中し、先ほど自ら打ち消した魔法陣に再度魔力を流して発動させる。

オスカー様がそれを感じたのか剣を構えた。

アルデヒド様も慌てた様子で、打ち消された魔力を補充しようとする。

「オスカー様、今です！」

「了解だ！」

「ま、待ってください！　私がこの国の正統な王なのです！　それに王国を守護する魔法陣に魔力を注入しなくてはならない、私を、排除するというのですか⁉　王国の守護魔法陣が作動しなくなってもいいんですか！」

「信じてください！　オスカー様！」

「おう！」

オスカー様の渾身の一撃を、アルデヒド様は手に刻んでいた魔法陣へと魔力を流しどうにか防ぐが、オスカー様が立て続けに振るう剣に耐えきれなくなる。

一度失われた魔力が、魔法陣に再び流れ行き渡るまでには時間がかかるものだ。

しかもアルデヒド様は魔法陣の扱いにはまだ慣れきっていない。

「うわぁぁぁぁいいいいたいいたいいたいいたい」

手の魔法陣を傷つけられ、アルデヒド様は悲鳴をあげて膝をつく。

オスカー様はそんなアルデヒド様を剣の柄で打ちつける。

アルデヒド様はその場に頭から突っ伏して、動かなくなった。

全神経を使っていた私も、その場にしりもちをつく。

「メリル嬢！　大丈夫か？」

「す、すみません。少し力が抜けただけです」

私はオスカー様に手を借りて、立ち上がる。

そして守護魔法陣へ魔力を注ぐ役割を、アルデヒド様に代わって務めなければならないと思い視線を向けた。

「あれは……」

確かに亀裂が走っている。おそらくそれは、魔法陣射影師である自分しか気づかないほどの小さな。だけれど、魔法陣は繊細なものだ。

微細な亀裂は、崩壊を意味する。

「いけないっ！　オスカー様、守護魔法陣にひびが入っています！　修復します！」

私はそう伝えると、力を振り絞って、守護魔法陣に向かって魔力を流し始めた。

「守護魔法陣、修復開始！」

守護魔法陣が私の魔力に反応して青白く輝き始めると、民衆から歓声があがる。

私は、瞼を閉じると、全神経を対象へと向けた。

「守護魔法陣、基礎形態修復。魔力調整陣書き換え、最適化開始」

自らの魔力を流しながら、魔法陣の亀裂の入った箇所を修復していく。

作業しながら気づいたことだけれど、おそらく、近年この魔法陣には、本来必要なだけの魔力が、足りなかったのだろう。

それが少しずつ全体に歪みをもたらし、今回、儀式の遅れに伴い危険な亀裂を生んだのだ。

ゆっくりと守護魔法陣に少しずつ私の魔力を馴染ませながら広げていく。

そうすることで、細部がさらに描き換えやすくなるのだ。

基本はそのままに、ただし、魔力の流れをよくし、魔法陣を最適化していくことで、従来の半分程度の魔力で守護魔法陣が使えるように変えていく。

「守護魔法陣修復完了！　記録・保管用、転写開始！」

私は魔法陣射影用の紙を取り出し、保管用に転写をする。

そして最後にあまねく皆に知らしめるよう宙に魔法陣を展開させていくと、魔力を流して美しく光らせた。

一年に一度、建国祭の日しか見られない光景と同じものを見て、私は胸を撫で下ろす。

「きれいー！」

「我が王国は、安泰だな！」

「国王陛下万歳！　アルベリオン王国万歳！」

「不思議だなぁ。去年よりも美しく見えるぞ」

歓声が遠くに聞こえた。

私はいつの間にか、オスカー様に体を支えられていた。

「メリル嬢、ありがとう」

「オスカー様？」

見上げると、オスカー様が私のことを心配そうに覗き込んでいる。その瞳がなんだか嬉しくて、微笑（ほほえ）みを返す。

「大丈夫です。すみません。少し、魔力を使いすぎたようです」

全身から力が抜け出てしまったかのような感覚だ。

「メリル嬢、抱き上げるぞ」

「え？　つきゃ。オ、オスカー様。私、歩けます」

「すまないが、私が心配なのだ」

オスカー様はそう言うと、私の眼鏡を拾っていてくれたのだろう、手渡（てわた）してくれた。

「あ、ありがとうございます」

ようやくばたばたと騎士がこちらに駆（か）けつけてきて、アルデヒド様を連行する。

オスカー様は報告を受け、それから私に視線を向けた。

「魔法信者は全員捕縛（ほばく）し、今、移送中だそうだ。メリル嬢が尽力してくれたおかげだ。ありがとう」

「いえ。お役に立てたのなら嬉しいです」

「君は……謙虚（けんきょ）すぎる。王国を救った英雄（えいゆう）だというのにな。さあ、医務室へ行こう。まずはそれが先だ」

「あ、でも、後始末などは」

「別動隊に任せたから大丈夫だ。行くぞ」

オスカー様はそう言うと、一度国王陛下を見上げる。私はこの格好では不敬だと身動ぐのだけれど、陛下に手で制される。

そして、よくやったというように笑いかけられ、ご会釈を受ける。

その瞬間、私は自分にも出来ることがあったのだと。誰かのためになれたのだと、とても、とても誇らしかった。

魔法陣射影師としてこれまで頑張ってきてよかった。

そう、心から強く思えた。

医務室へと向かう途中で、だんだんウトウトしてきてしまった。オスカー様に抱き上げられて揺られていると、なんだか本当に心地よくて、全身の力が抜ける。

「ありがとう。メリル嬢。ゆっくり休んでくれ」

オスカー様の優しい声が聞こえて、私は穏やかな眠りに落ちたのであった。

第七章　メイフィールド家の落ちこぼれが輝く時

検挙された魔法信者達の自白により、家督を継承出来ない貴族の次男三男達がそそのかされ、今回の事件に加担していたことが発覚した。

身分を剝奪された彼らは法の下に裁かれることになった。

もちろん、ロドリゴ様もその一人である。

ロドリゴ様が着けていた仮面には魔法がかけられており、使用している間は魔法信者総長であるアルデヒド様の姿に、仲間からは見えていたらしい。

アルデヒド様は、魔法信者達を利用するだけ利用したあとに、最終的に自分の身代わりとして汚名を着せ、殺すつもりだったと供述した。

また、魔法陣の中に神官文字を組み込んだ理由については、神に自分こそが真の王だと告げるためだと楽しそうに語ったのだという。

話をするたびに支離滅裂なことを言ったり、怒りを露にして怒鳴ったりと感情の起伏が激しく、聞き取りは難航しているという。

アルデヒド様は今は神妙に聴取に応じ、減刑を求めている。

これまでの功績から、安易に処刑されないと高を括っているようだ。

私も今回の事件の関係者として証言を求められ、実況見分にも立ち会った。

王城に仕える筆頭魔法使いが国を揺るがす大事件を起こしたなどということになれば、大醜聞である。

故にこの事件は緘口令が敷かれた。公にはアルデヒド様は原因不明の病のため退き、次代を彼の弟子が担うこととなったのであった。

アルデヒド様は弟子達には今回の蜂起について何も告げておらず、王国側もそれ以上追及はしなかった。

私も日常を取り戻していく。

ただ一つ違うのは、所属する魔法研究部の席が一つ空いたということ。

研究部員内では、ロドリゴ様は素行の悪さで解任されたという噂が広まったが、真相について知る者は私以外にはいない。

その噂も、しばらくすればもう聞かなくなった。

やがてロドリゴ様の代わりに、新しい人が配属された。

「あの、ロドリゴ様からはいつも仕事を割り振られていたのですが」

私が尋ねると、転任してきた男性は、眼鏡をかちゃかちゃと鳴らしながら言った。

「基本的に前任者の仕事も後任の私の仕事も変わりありません。魔法研究部が扱う事案を確認したり資料を集めたり、各部署との連携を調整したりという内容です。私がメイフィールド殿に業務を割り振ることはありません。魔法陣射影師は部署は同じでも独立していますから、私のタスクとは無関係です」

「えっと、それはつまり」

「私の仕事は私のもの。なので、メイフィールド殿は魔法陣射影師に専念なさってください」

「は、はい。ありがとうございます」

「いえ、お礼を言われることは何も。ああ、ここの資料のファイリング。メイフィールド殿の手によるものとか。とても丁寧で分かりやすいです。感謝いたします」

「あ、いえ」

私は自分の机に座り、それから小さく息をついたのであった。

以前と変わらないけれど大きく変わった日常。

そして、さらにもう一つ、大きく変わったことがあった。

「あ、オスカー殿下が来たぞ」

「もう昼食の時間か」

「メイフィールド殿も隅に置けないなぁ」

最近職場の雰囲気がすごく明るくなり、以前よりも同僚が話しかけてくれたり笑いかけてくれたりするようになった。

今まではロドリゴ様の手前、庇い立てが出来ずにすまなかったと謝ってくれる人もいた。

そんな小声が聞こえてぱっと顔を上げると、入り口で私に向かって手をひらひらと嬉しそうに振る、オスカー様の姿があった。

「オスカー様」

昼食の鐘が鳴り、部屋へと入ってきたオスカー様が、バスケットを私の前で掲げて言った。

「一緒にランチをしないか？　今日のサンドイッチは結構力作なんだ」

そう言うオスカー様の後ろに、たまにしっぽがブンブンと振っている錯覚を見るようになった。

私は疲れているのかなとも思うが、とても可愛らしいのでまあいいかと放置している。

「はい！　その、とても楽しみです」

最近何故か、オスカー様と毎日食事をするようになってしまっていた。

しかも手作りである。

オスカー様は今手料理に凝っているらしく、食べてもらえると嬉しいと言われた。

私としては、オスカー様と一緒にいられるだけで十分なのに、お昼までごちそうになってもいいのだろうかと戸惑う。

そもそも私のような者が、オスカー様と食事を共にすること自体おこがましいのは分かっているのだけれど、誘われれば断ることなど出来ない。

「中庭に行こう」

「はい」

さりげなく手を取られる。

王子様とはこんなにも自然にエスコート出来るものなのかと、毎回毎回心臓が飛び出そうなほどに緊張する。

私からしてみれば驚きの連続で、慣れることはない。

メニューの定番はサンドイッチ。

どのサンドイッチも美味しくて、私は最近体重が気になり始めている。

今までは食事をとる時間すらままならなかったけれど、オスカー様と一緒にしっかりと食べるようになったので、その分体重も増える。

そんなことを心配していると知らないオスカー様は、私のことを優しい瞳で見つめながら言った。

「君は軽すぎるから、たくさん食べてくれ」

「え？　……はい」

軽いだろうか。むしろ最近増加傾向で困っているのだが。

というか、もしやオスカー様にとってこの食事は、不健康そうな私に対する餌付けなのだろうか。

「あ、あの」

「ん？　ほら、メリル嬢ついているぞ」

ハンカチで優しく口元をぬぐわれる。

動きを止めた私の顔が、真っ赤になっていくのが分かる。

すると、オスカー様はさらに笑みを深める。

「君は可愛いなぁ。たまにこんなにも可愛らしいなんて、罪ではないかとさえ思える」

「は⁉」

「すまない。君を見ていると、こう、なんていうのだろうか。可愛いという気持ちが湧き上がってくるのだ……運命というのはあながち間違いではないのだろうなぁと最近思う」

「え？　運命？　……それって」

私はハッとする。

私がもふちゃんに抱く感情と似ている気がする。もしや、オスカー様にとって私はもふちゃんのような存在なのだろうか。

「わ、分かります！　私、実は、あのもふちゃんっていうお友達の、猫……ちゃん？　がいるのですが、可愛くって、可愛くって！」

そう興奮気味に言うと、オスカー様は噴き出すようにしてからけほけほと咳き込んだ。

「大丈夫ですか？」

「ああ。はぁ。そ、それで？」

「もふちゃんを見ていると、そのような気持ちになります。こう、ほとばしる感情があります！」

そう伝えると、オスカー様が困ったように笑った。

「いや、その少し違う、かな？」

「え？　そう、ですか？」

「あぁ。はは。でも君は面白い人だな。だけれど、君を見つめていると、心から可愛いと思ってしまうんだ。君は可愛いな」

「え？　えっと……可愛くは、ない、ですね」

「ふっ。自分の魅力は分からないのだろうな」

なんだか色っぽい瞳を向けられ、私は慌てて視線をそらすと、持っていたサンドイッチをぱくりと食べた。

ちらりと見るたびに、優しい笑みを返されるものだから、まともにオスカー様を見つめることが出来なかった。

「今度、例の事件に関する功績を労う場が設けられるそうだ。君の働きが称えられることになって嬉しく思う」

「え！　そうなのですか⁉」

「あぁ。楽しみだな。私も一緒に出席するよう命じられた」

実際のところ私は楽しみではなく、必要ないのにと、一体何を着て参加をすればいいのだろうかと、そう思ったのであった。


表彰式当日を迎えた。

王立騎士団を代表してオスカー様が、魔法陣射影師として私が表彰を受けることとなった。

今回の表彰式には、国王陛下、王妃殿下、閣僚をはじめ上位貴族の方々が参加されるとのことであった。そしてそこにはお兄様の名もあった。

私が表彰されるということがメイフィールド家には伝えられたようだ。

お兄様とは職場で物分かれをして以来だった。

なんと言われるのだろうかと少しだけ気が重くなるけれど、今はそれどころではない。

私は気合を入れて背筋を伸ばした。

内々の授賞式だと聞いていたので、中庭で拍手される程度かと漠然と思っていた私は、おそらくバカなのだろうと思う。

大広間ではないけれど、中広間ほどの会場には玉座が置かれ、そして煌びやかな飾りが施されており、美しい花々が彩りを添える。

私は開け放たれた以上に規模が大きくて、小声でオスカー様に言った。

「お、思っていた以上に規模が大きくて、緊張で震えます」

「そんなに気にすることはない。それにしても、今日は私は役得だな」

「え？」

「こうして君をエスコート出来て嬉しい。では行こう」

「あ、は、はい」

私は手を引かれ、玉座に続く赤いカーペットに踏み出す。

姿勢を正し、アンバー様から贈られた――たぶんオスカー様が手配してくれた――ドレス姿でオスカー様にエスコートされながら歩く。

拍手が起こり、私とオスカー様は国王陛下の御前まで進むと、礼を取って待つ。

「魔法陣射影師メリル・メイフィールド、並びに、オスカー・ロード・アルベリオン。頭を上げよ」

「「はっ」」

声に従うと国王陛下と目が合った。オスカー様に似てはいるけれど、オスカー様よりも細身で、それなのにその眼光は鋭く、こちらを見透かすような感じがした。

「今回の一件、魔法陣射影師としてよく務めてくれた。メリル・メイフィールドの働きに対し報奨金、並びに魔法図書の自由閲覧の権利と、今後の古代魔法陣研究のための資金を授与する」

私はその言葉に瞳を輝かせた。

魔法図書の自由閲覧権といえば、王立図書館、王城内にある図書館、各地の神殿等が所蔵する資料の閲覧がいつでも可能になる特権である。

「ありがたき幸せにございます！」

「騎士団第二隊長オスカー・ロード・アルベリオンも騎士団を指揮し、よく王国を守った。栄誉を称え第二騎士団へ報奨金と武器並び備品の一新を恩賜するものとする」

「謹んでお受けいたします」

オスカー様と私が頭を下げると、拍手が湧いた。

次に国王陛下のお手ずから、胸に金色のブローチが下賜される。

それは王国への貢献を認められた者に授与される誉れのブローチであり、私はまさか自分がもらえる日が来るとは思ってもみなかった。

「これは重みのあるものだ。君がこれからも王国のために尽力してくれることを希望する」

国王陛下は私にそう言うと、肩をとんと叩かれる。

それは物理的にも重みがあり、私は気を引きしめると返事をする。

「はい。ブローチに誓って」

私は王国のエンブレムが刻まれたこのブローチに恥じないように、これからも魔法陣射影師として研鑽を重ねていこうと思った。

式のあとは宴となり、そこにお兄様もやってきた。思わず身構えてしまったが、静かにお兄様は言った。

「……先日はすまなかった。また、改めて話をさせてくれ。今回の一件、本当に素晴らしい活躍だったと聞く。よく、頑張ったな……」

まさかお兄様に褒められるとは思っていなかった。

「お兄様……ありがとうございます」

お兄様は一旦口をつぐんだけれど、改めて手紙をくれると言っていた。

私自身、すぐに家族のことがどうこうなることはないと思う。

だけれど、少しだけ前に進めたような気がした。

会場内ではたくさんの貴族の方からも祝辞を賜った。ただ、さりげなく縁談の申し込みが複数件差し込まれてきて、驚いてしまう。

「本当に才能に溢れたご令嬢だ。私の息子は今年二十二になるのですが、どうですかな。ここでメイフィールド家との縁を結ぶのも悪くはないでしょう」

「いやいや、私の家こそ、メリル嬢には相応しいのではないかと思うぞ。魔力を有するということは、子もまた、魔力に恵まれるであろうからなぁ」

私はその言葉を曖昧に受け流していたのだけれど、国王陛下と話をしていたオスカー様が笑顔で戻ってきた。

そして、私の肩を抱くとぐいっと引き寄せる。

「メリル嬢。待たせた」

「は、はい」

距離が近いと思い、私の心臓はドキドキと高鳴る。

オスカー様はあたりにも聞こえるように、少し大きな声で言った。

「一人にしてしまいすまない。君は私の大切な人だ。それに」

オスカー様が周りの令息達に視線を向けながら告げる。

「メリル嬢については、魔力持ちということが判明したため、身柄が王国の保護下に置かれることになった。もし彼女に近づく場合は、許可を取ってからにしてもらおう……では、行こうか」

「は、はい」

そう言い終えたオスカー様に手を引かれ、私は場所を移した。

そして自分の身柄に関して、いつの間にそのようになっていたのだろうかと驚いていると。

「あとで詳しく説明する」

「あ、はい。分かりました」

私達はそれからも歓談を続け、そして式は盛況のうちにお開きになった。

今、私はオスカー様に連れられて王城の庭へと進んでいる。

ベンチに腰掛けると、二人で同じように息を吐いた。

「ちょっと疲れました」

「私もだ。兄上はすごいと、こういう時に思い知らされる」

私とオスカー様は顔を見合わせると苦笑を浮かべた。

「事後報告になるが、メリル嬢が魔力を持っているということが今回の一件で貴族社会に伝わった。そのため、国王陛下と相談し、政府の保護下にあるということにした。魔力を目当てに狙われることもあるからな」

「そうだったのですね。……ありがとうございます」

知識としては魔力を有する者は崇敬もされ畏怖もされると知ってはいたのだけれど、公になるとこんな風になるのだなと思った。

そこで、なんとなく不思議な雰囲気が生まれる。

このちょっと緊張感のある空気はどこから来たのだろうかと私は思いながら、オスカー様へ視線を向けると、オスカー様が真っすぐに真剣な瞳で私を見つめていた。

ドキドキと何故か心臓が高鳴り始める。

なんだろうかこの感じは。

「私は、君を守りたいと思っている」

「え？」

突然の言葉に、私は一体自分の身に何が起きているのであろうかと目を丸くした。

「私と、婚約してもらえないだろうか」

「は？」

頭の中が真っ白になり、大混乱である。

突然、オスカー様が私に婚約しないかと言った？

何故？

だってオスカー様は選り取り見取りである。それこそ、美しい令嬢は他にたくさんいるではないか。

私はメイフィールド家の出来損ないと揶揄されるほどに、見た目があまりよろしくない。

美しい瞳でも、つややかな髪でもなく、顔もどちらかといえば丸顔で、美人というわけではない。

私なんか……。

そこで、私はハッとした。

自分は今何を考えていた？ 私はいつの間にこんなに自意識過剰な女になっていたのであろうか。

頬に熱がこもる。またた。恥ずかしい。

「あ、あれですよね。私が魔力持ちだからって、心配してくれて、こ、婚約って。すみません。オスカー様が私を好きなんてことは絶対にありえないって分かっていますので」

オスカー様は立ち上がると、私の目の前に跪いた。

意味が分からなくて、呆然としていると、オスカー様が言った。

「あまり真剣だと、君が逃げてしまいそうに感じていたが、一度ちゃんと伝える」

「え？」

「私は一人の女性として、メリル嬢に惹かれている。魔力でも公爵家という地位でもない。仕事を頑張る君に、尊敬出来る君に私は惹かれている。私と婚約してくれたら嬉しい」

「は、え、えええぇぇぇぇ」

心臓の音がどんどん速くなっていく。

私が、じっとオスカー様を見つめていると、オスカー様は顔を赤らめて視線をそらす。

「すまない……照れてしまった」

そんな姿に脳裏にもふちゃんが思い浮かぶ。

似ていないのにオスカー様を見ているともふちゃんが連想される。

「オスカー様、もふちゃんに似ています」

「え？」

最近もふちゃんに会えていないなとふと思う。また会えるだろうか。というか、本当は家に毎日いてほしい。

ずっと一緒にいたい。

「王城はペットって飼ってもいいのでしょうか」

私の言葉に、オスカー様が小さく息をつく。

「自分の敵は自分だな」

「え？　どうなさいましたか？」

「いや、なんでもない。私は気が長いのでね。待つさ」

「え？　あ、そうだ……こ、告白」

一瞬もふちゃんに心の中を占領されてしまったけれど、告白をハッと思い出し私はどうしたらいいのだろうかとじたばたする。

「わ、私……その、えっと……」

緊張しすぎてどう返せばいいのか途方に暮れて、顔が真っ赤になるのが分かる。

そんな私のことをオスカー様はじっと見つめる。

「……可愛いな」

ぼそっとそう呟かれ、私は顔を上げた。

「そ、そんなことは……」

オスカー様は私のことを青い瞳でじっと見つめてから微笑む。

「可愛い。すごく」

あわあわしてしまっていると、オスカー様が小首を傾げた。

「私では、だめだろうか？　どうか……チャンスが欲しいのだが」

その言葉に、私は胸に手を当てた。

「心臓が痛いです。ううぅ。で、でも私、そんな可愛いわけでもありませんし、美人でもスタイルがいいわけでもないですし」

「私は君がいいんだ」

「ふへっ……えっと、えっと」

私の手をオスカー様は取り、そして言った。

「君が、好きだ」

「ふわぁぁぁぁ。えっと、はひっ。えっと、その、で、ですが、えっと、私、れ、恋愛とかこれまでしたことがなくて、なので、えっと、何も、何も分からないし」

「そうか。では、少しずつ、お互いを知っていくところからではどうだ？」

「お、お互いを知っていくところから？」

「ああ。食事をしたり、買い物をしたり。ほら、ティリー嬢の店にもまた一緒に行きたい」

「あ、私も行きたいです。ティリーもすごく喜ぶと思います」

「そうだといいなぁ。それで、少しずつお互いを知っていきたい。君と一緒に時間を共有していきたいんだ」

「は……はい」

「それで、少しずつ私を恋愛対象として見てほしい」

「れ、恋愛対象……恋愛対象になったら……抱きしめられ放題……？」

「え？」

私は慌てて自分の口を押さえた。

つい、ちょっと自分の本音が。

「すすすすすみません！　願望が！　も、漏れ出てしまいました」

オスカー様は驚いた顔をしたあと、嬉しそうに唇をなぞり、それから、両手を広げた。

「それなら、いつでも」

「え？」

両手を広げられて、オスカー様がこちらに優しい瞳を向けてくれるものだから、私は、ドキドキしながら、オスカー様の腕の中へと入り、ぎゅっと、抱きついてみる。

いつぞや、もう二度とこうした機会はないだろうと思っていたのに。

オスカー様が私のことを優しく抱きしめてくれて、温かさが伝わってきて、胸がバクバクする。

「す……好き……です」

緊張しながら、私は、心の中に秘めていた、自分の中に生まれた気持ちを口にした。

次の瞬間、オスカー様が顔を真っ赤に染めて、私からパッと飛びのくと咆哮する。

「う、嬉しい。嬉しすぎて！　すまない！　嬉しすぎて！　少し気持ちを静めてくる！すぐに戻ってくる！」

「え？」

オスカー様が脱兎のごとく走っていってしまって、私は突然のことに呆然としてしまう。

代わりに、ガサゴソと茂みの中から、もふちゃんが現れた。

「え？　もふちゃん!?　こんなところでどうしたの？」

「……みゃみゃ」

私はもふちゃんを抱き上げると、オスカー様が走り去った方向を見て、ゆっくりと大き

く息を吐き、その体に顔を埋めた。

「ふわぁぁぁぁ。はずかしぃぃぃぃい」

「みゃみゃ。なぉん」

もふちゃんが何か言っているけれど、私はかまわずに声をあげた。

「嘘みたい。夢みたい。夢だったら泣いてしまう。もふちゃん。もふちゃん！　わ、私、私今、世界で一番幸せだよぉぉぉぉぉ」

もふちゃんの体に顔をこすりつけながら、私はいつかもふちゃんとオスカー様と三人で一緒に暮らすなんてところまで妄想を飛躍させてしまう。

「はぁぁ。幸せ。でも……オスカー様、大丈夫かしら」

顔を真っ赤にしながら走っていってしまったオスカー様。

早く帰ってきてくれないかなぁと、もふちゃんをぎゅうぎゅうと抱きしめながらそう思った。

それからしばらくして王城に、第二王子が魔法陣射影師の地味な令嬢を溺愛して首ったけであるという噂が、光の速さで広がったのであった。

END

あとがき

始めまして、作者のかのんと申します。

本作を手に取って下さった皆様、本当にありがとうございます。楽しんでいただけたら嬉しく思います。

牛野こも先生が今回イラストを担当してくださいました。私の中でイメージしていたちょっとオタクなメリルと、そしてさらにかっこよくイケメンになったオスカーに胸がときめきました。またもふもふのもふちゃんが最高に可愛らしくて、私もこんな可愛いもふちゃんを抱っこしたい！　と思いました。素敵に描いて下さり感謝申し上げます。

本作を作り上げるにあたり、編集部の皆様、関係各所の皆様に心よりお礼申し上げます。ありがとうございました。

最後まで読んで下さりありがとうございました。

またどこかでお会いできるよう、小説を書いていきたいと思います。

失礼いたします。

■ご意見、ご感想をお寄せください。
《ファンレターの宛先》
〒102-8177 東京都千代田区富士見 2-13-3
株式会社KADOKAWA ビーズログ文庫編集部
かのん 先生・牛野こも 先生

●お問い合わせ
https://www.kadokawa.co.jp/（「お問い合わせ」へお進みください）
※内容によっては、お答えできない場合があります。
※サポートは日本国内のみとさせていただきます。
※Japanese text only

愛されなかった社畜令嬢は、第二王子（もふもふ）に癒やされ中

かのん

2023年12月15日 初版発行

発行者	山下直久
発行	株式会社 KADOKAWA 〒102-8177 東京都千代田区富士見 2-13-3 （ナビダイヤル） 0570-002-301
デザイン	島田絵里子
印刷所	TOPPAN株式会社
製本所	TOPPAN株式会社

ISBN978-4-04-737754-7 C0193

定価はカバーに表示してあります。

◇◇◇